OPINIONES

La voz única de Oxana Eliahu, como ella lo expresa, con un acento en cada idioma me atrajo desde la primera palabra y me mantuvo cautivo hasta el final. El DESTINO, fascinante y, en ocasiones, desgarrador, lleva al lector desde la Rusia comunista hasta Eretz Israel con lugares intermedios y, por último, a los Estados Unidos. Es un viaje que este lector no olvidará pronto. *Baruch HaShem Adonai!*

—Rochelle Wisoff-Fields
Autor de *Please Say Kaddish for Me, From Silt and Ashes, and As One Must, One Can*

Todos tienen un propósito y un destino que Dios ha preparado y planeado. Esta es la historia encantadora de una mujer rusa y su fascinante jornada. Nos muestra cómo todos podemos superar las pruebas de la vida, encontrar el amor verdadero, nuestro Salvador, y compañerismo de otro ser humano. Es la historia maravillosa e interesante de una familia. Es más que reconfortante, es una lectura obligada para todos los que quieran ver a través del espejo del testimonio de otra persona, solo para saber que no eres diferente en tu caminar con tu Dios.

—Susan K. Reidel

¡He leído el libro y lo he disfrutado tanto! Me reí y lloré a través de la jornada asombrosa de Oxana. Ella nos ilustra cómo el Ruach HaKodesh (el Espíritu Santo) nos persigue hasta que nos atrapa, incluso si tienen que pasar años y continentes. La historia de amor de Oxana y Boaz nos demuestra la manera en que Dios une a dos personas en matrimonio, todo contrario a la manera del mundo. Aprecio su disposición de ser vulnerable y honesta, para que otros puedan buscarlo a El.

—Kelly Ferrari Mills
Author of Keeping Watch Over Israel and
Chronicles of a Kingdom Courtship

Realmente me gustó este libro porque no solo da una idea de las circunstancias que llevaron a alguien a abandonar su país, sino también los problemas reales que se encuentran en el proceso de comenzar de nuevo ... a veces, y varias veces. Me encanta el hecho de que, a pesar de los muchos altibajos que atravesó Vita, era obvio que Di-s estaba allí, trabajando en su vida desde el principio. Este libro recuerda al lector que hay esperanza y restauración en cada historia, para aquellos que abren su corazón y lo permiten. Aprecio la honradez y la vulnerabilidad del escritor, ya que el lector puede vislumbrar su viaje a una nueva vida y relaciones.

—Charla Huston

To Pola
with love
in Yeshua

[signature]

friends לא תמצא

Oxana Eliahu

EL
DESTINO

Oxana Eliahu

Ministerio

FIEL A LA VERDAD

EL DESTINO

Derechos del Autor © 2016 por Oxana Eliahu.
Todo derecho reservado.

Ninguna parte de esta publicación puede ser reproducida, almacenada en un sistema de recuperación o transmitida de ninguna manera por ningún medio, electrónico, mecánico, fotocopia, grabación o de otra manera sin el permiso previo del autor, excepto lo dispuesto por la ley de derechos de autor de los EE. UU.

Esta es una novela autobiográfica, basada en una historia real. Los nombres, descripciones, entidades e incidentes incluidos en la historia son productos de la imaginación del autor. Cualquier parecido con personas reales, eventos y entidades es totalmente casual.

Publicado por FAITHFUL TO THE TRUTH Ministries

P.O. Box-Peculiar, Missouri 64078 USA
1.816.808.3959 – www.oxanasite.com email: oxanaeliahu@gmail.com

Traducido por Natalie Pavlik
Diseño Portada por Lirey Blanco – Tate Publishing
Diseño Interior por Tatiana Lata

ISBN: 9781651838518
1. Biografía y Autobiografía / Memorias Personales
2. Ficción / cristiana / General
Junio, 2016

DEDICATORIA

Este libro está dedicado a mi Padre celestial y a mi padre terrenal, Albert Kaminsky, que desafortunadamente ya no está con nosotros. También está dedicado a mi madre, Paulina Kaminsky, a mi amado esposo, Boaz, y a toda nuestra maravillosa familia.

EL DESTINO

CONTENIDO

Un Agradecimiento Especial

Introducción

PARTE 1: Una Ciudadana Rusa

1. ¿Por qué tengo que ser judía? 19
2. Mis Padres 21
3. Escuela de Comunismo 24
4. Campamentos Pioneros 28
5. La Verdad sobre Komsomol 31
6. Estilo de Vida "Cool" 33
7. Sam 36
8. Saliendo de Rusia 40

PARTE 2: Mi Vida Gitana

9. Los Primeros Pasos en un Mundo Libre 44
10. Llegada a Italia 47
11. Mi Primera Pascua 51
12. El Club Americano 53
13. Luz al Final del Túnel 55

14	El Sueño………………………………..	57
15	Finalmente Saliendo de Italia………………....	59
16	En Canadá………………………………...	61
17	Visitando Israel…………………………....	66
18	Una Copa de Deperdicio y Amargura…………..	71
19	Eran…………………………………….	75
20	La Revelación……………………………..	78
21	Mi Vida Transformada Afecta a Mi Famili……...	81
22	Gozo en Medio de Crecientes Problemas……….	86

PARTE 3: Una Ciudadana Rusa

23	TogetherForever.com………………………..	89
24	Noche en el Hospital………………………....	91
25	Fe en Dios………………………………....	93
26	El Funeral de Papá y el Shevah………………...	95
27	El Consejo de Rosa………………………....	99
28	Víspera de Año Nuevo ……………………....	103
29	La Historia de Finnegan……………………..	104
30	Planiando Mi Viaje a los Estados Unidos………..	107
31	Kansas City………………………………..	110
32	En la Conferencia…………………………...	114

33	La Motocicleta Dorada………………………	116
34	Escapando de la Tormenta………………...	118
35	Domingo Ocupado………………………….	120
36	El Día de los Padres…………………………	123
37	Brit Milah……………………………………	126
38	Bellos Últimos Días en Kansas City……………	128
39	Regreso a Israel……………………………..	132
40	La Palabra Amor……………………………	135
41	En el Trabajo………………………………..	136
42	Un Nombre Hebreo Para Finnegan……………	140
43	Boaz Viene a Israel…………………………..	143
44	Pequeño Israel………………………………	148
45	Viaje a Jerusalem……………………………	151
46	Sorpresa de Mamá a Mi Mamá…………………	153
47	Visitando……………………………………	156
48	Fiesta de Compromiso………………………	160
49	Hablando con Yossef………………………..	162
50	En el Aeropuerto de Tel Aviv ……………………	164
51	Regreso a la Rutina…………………………..	167
52	Más Señales de Arriba………………………..	169

| 53 | Regresando a Kansas City | 172 |

PARTE 4: Música es un Don Glorioso de Dios

54	Contando las Bendiciones	174
55	Música es Mi Vida	181
56	El Amor de Dios	186
57	Epílogo	190
58	Sobre la Autora	193

UN AGRADECIMIENTO ESPECIAL

A todos ustedes que me ayudaron de una manera u otra a hacer de este libro una realidad. Jannah Johns, Albina Sharabi, Rochelle Wisoff-Fields, Annie Withers, Hristina Christ, Juliette Chamberlain-Bond, Berlin Elgin, Charla Huston

INTRODUCCIÓN

Muchas veces, después de compartir mi testimonio en iglesias y congregaciones, la gente me preguntaba si tenía la historia de mi vida escrita en un libro.

Al principio no presté atención a esas preguntas sobre el libro, pero a medida que la gente seguía pidiendo, oré y le pregunté a Dios si esta era su idea.

Soy como Gideon, siempre tratando de asegurarme de escuchar la voz correcta. En mi oración, dije: "Dios, si esta es Tu voluntad, dame otra confirmación directa. Por favor, permita que alguien me diga estas palabras exactas: "Oxana, debes escribir un libro de tu testimonio".

Unas semanas más tarde, hicimos un servicio de avivamiento en Butler, Missouri. Solamente tenía cuarenta y cinco minutos para compartir y cantar, así que no podía ni siquiera compartir toda mi historia, sólo una pequeña parte de ella.

Al final, cuando casi todos se habían marchado, una mujer se me acercó y sin saludo, sin "hello" o "shalom", me dijo: "Oxana usted necesita escribir un libro de su testimonio".

¡Guau! Me erizo como piel de gallina. Esto seguramente fue la confirmación. Yo sabía que ahora tenía que tomar esto en serio.

¿Cómo en este mundo podría yo escribir un libro? Tengo incluso un acento en cada idioma que hablo. Esto parecía ser un gigante grande que jamás sería capaz de luchar.

Finalmente, me compuse y escribí una página del libro. Me sentí muy orgullosa de mí misma e incluso le mostré mi primera página a algunos amigos. Para mi gran sorpresa, me dijeron que les había gustado, pero yo no pude ir más allá. Simplemente era demasiado difícil para mí. Me sentí como Jonás, cuando no quería ir a Nínive.

Un día después de ministrar en una iglesia rusa en Oregón, una joven vino a hablar con nosotros. Ella quería que fuéramos a cenar juntos. En el restaurante nos pidió a Boaz y a mí que compartiéramos la historia de cómo nos habíamos conocido, y con placer le contamos nuestra historia de amor. Al día siguiente ella me escribió en Facebook que nuestra historia realmente le tocó su corazón y también le dio esperanza y aliento.

Bueno, yo pensé para mí, ¿por qué debo de escribir toda la historia de mi vida, que es tan larga y complicada? ¿Por qué no comenzar con una historia más corta?

Sentí como que había encontrado una solución. Sólo quiero crear una novela con la historia de amor, lo cual era también un gran testimonio y contenía un mensaje por sí solo. Incluso tenía un título pegadizo, "Cómo conocí a mi Boaz y terminé en Peculiar".

Empecé a escribir, pero seguí luchando. Así es que me decidí a tomar un curso de escritura online. También leí un libro llamado "Escribiendo Historias de Vidas" por Bill Roorbach y me inscribí en grupos de crítica de escritura. Cuando traje mis escritos al grupo de crítica y leí el primer capítulo de mi historia de amor, me dijeron, "Usted no puede iniciar la historia de esa manera. Tiene primero que darnos algunos antecedentes."

Escribí tres páginas de mis antecedentes y regresé de nuevo al grupo redactor.

Leí mis páginas nuevas con la condensada y comprimida historia de mi vida, esperando que ahora terminaría con el antecedente y podría concentrarme y continuar de nuevo con mi historia de amor. Ellos dijeron, "Oh esto es mucho mejor, pero nos gustaría escuchar sobre lo que le sucedió a usted en Rusia, Italia, Canadá y en Israel.

¡Oh, no! Yo no voy a escribir toda la historia. Eso es imposible. Entonces, decidí que iría a otro grupo de crítica.

Yo no podía creer que en el otro grupo de crítica de escritura también sugirieron que escribiera más sobre mi pasado. Bien, me sentí convencida de que era Dios hablándome a través de todas esas personas diferentes. Sentí que ya no podía escapar más. Tuve que escribir toda la historia de mi vida, porque es realmente Su historia y Él es el verdadero autor de mi vida y de este libro.

PORQUÉ USÉ EL NOMBRE VITA EN LA HISTORIA DE MI VIDA

Mi padre siempre quiso tener una hija llamada Vita. Este era el nombre de su madre. Mi abuela Vita murió a una edad muy joven cuando mi papá era de sólo 14 años de edad. En la tradición judía, es una costumbre llamar a los hijos por el nombre de los parientes cercanos que fallecían, en aras de la continuación del nombre y su memoria.

Mi abuelo Oskar del lado de mi papá estaba vivo cuando mi mamá quedó embarazada de mí. Él estaba emocionado mientras esperaba el nacimiento de su primera y única nieta, pero lamentablemente, se puso muy enfermo y murió justo dos meses antes de que yo naciera.

Después de su muerte, ambos de mis padres decidieron utilizar el nombre Oskar para el bebé que estaba por venir. Cuando se dieron cuenta de que el recién nacido era una niña, intentaron encontrar un nombre ruso con las letras O, S, K, A y R, pero no había ningún nombre como ese en Rusia. Así que encontraron un nombre ucraniano, Oksana, que sonaba similar.

Por lo que el nombre de Vita nunca más fue utilizado en nuestra familia. Se había ido y algo olvidado. Por eso me decidí a utilizar el nombre de Vita en mi historia, para dar vida de nuevo a este nombre, especialmente porque el significado de Vita es vida.

PARTE 1
UNA CIUDADANA RUSA

1
¿PORQUE DEBO DE SER JUDÍA?

A veces, los niños escuchan cosas cuando nosotros los adultos, estamos seguro de que ni siquiera nos escuchan.

"Vita es una niña inteligente, ella puede comprender más de lo que pensamos", dijo mi padre.

"No, ella es demasiado joven para comprender. Por favor, Albert, no le digas nada ahora"

Acertando a oír la conversación entre mis padres, algo no me parecía correcto. Después de todo, ellos siempre me decían que yo era una "niña grande", así que ¿por qué era yo demasiado joven de repente? "Paulina, no deberíamos esperar más para decirle a VITA. Ella debe saber cuanto antes mejor. Ella debe estar preparada antes de que vaya a la escuela el próximo año. Es el momento de decirle quien ella es".

"Está bien," mi mamá finalmente concedió.

Yo pacíficamente cantaba una canción a mi favorita muñeca, Tanya, mientras me concentraba en vestirla. Cuando cambié mi mirada hacia los rayos de luz que bailaban en juego alrededor de la habitación, lucían como pequeñas hadas que las gentes siempre dicen que no existen. Papá había explicado que el baile de la luz era causado por el aleteo de las hojas del alto árbol fuera de la ventana.

A medida que las hojas se movían con la suave brisa, bloquearon la luz directa del sol, creando la danza. Me encantaba esa danza. Siempre me había fascinado, pero algo destrozaba mi paz y disfrute del momento. Sentí una anticipación inoportuna cuando mi corazón comenzó a correr.

"Vitusha, ven acá, querida. Papá quiere decirte algo."

Recogí mi muñeca del suelo y me acerqué a mi padre. "Papi, por favor, ¿puedes leerme un cuento a mí y a mi muñeca Tanya?"

""Sí, pero primero me gustaría decirte algo importante acerca de ti."

"Bien." Miré a mi padre con ojos muy abiertos...

"Tú sabes que vivimos en un país grande", mi padre conservó su voz suave y persuasiva. "Muchas personas viven aquí en Rusia. La mayoría de ellos son rusos, pero algunas personas, como nosotros, son judíos. No hay ninguna diferencia entre nosotros. Todos somos iguales, así que no importa si eres ruso o judío, pero quiero que sepas quién tu eres. Cuando vayas a la escuela, la maestra podría preguntarte tu nacionalidad. Tendrás que decirle que eres judía".

"Nuestra maestra de kindergarten dice que las personas que viven en Rusia se llaman rusos," expliqué con total confianza.

"Bien," mi papá sonrió de nuevo y siguió pacientemente, "Eso es correcto, la gente que vive en los Estados Unidos, por ejemplo, se llaman americanos, pero entre ellos también viven chinos, indios, judíos y otros."

""Pero ¿por qué, Papá, ¿por qué debo ser judía? Yo no quiero ser judía." Yo había oído esa palabra antes y sentí en mi corazón sensible que significaba algo malo, algo que la gente hacían bromas.

"Tú eres judía porque naciste de un padre y de una madre judía."

Me detuve, deseando argumentar, esperando por otra oportunidad. Mi papá me acercó a él y besó mi frente. Me sentí segura en sus brazos. Yo no entendía por qué mi padre, quien me amaba tanto, quería que yo fuera judía. "Papi, ¿qué pasa con mi muñeca Tanya, ella es también judía?" papá sonrió. "Sí, ella es también judía."

"¿Quién más es judío?"

"Muchas personas, incluyendo tus tías, Fira y Shula, y tus tíos Nick y Víctor, t u ab vuelo y a vuela — toda nuestra familia es judía."

Siendo satisfecha con estas respuestas, abracé a mi papa. "¿Ahora, podemos leer un cuento?".

2
MIS PADRES

Mi vida era buena. Como hija única, tenía mucha atención de mis padres, quienes me amaban y cuidaban. Vivíamos en el primer piso de un pequeño pero luminoso apartamento de dos habitaciones con una pequeña cocina. Había una estación de policía justo en frente de nuestro edificio y nuestro hogar traqueteaba con el ruido del pasar de los coches y las voces fuertes de los niños jugando en el pequeño parque infantil cerca de allí. Si no fuera por algunos matorrales y árboles delante de nuestras ventanas, habría sido fácil de ver desde la calle todo lo que ocurre en el interior de nuestro apartamento.

Mi padre era un comunista, no porque creía en la ideología comunista, sino porque en 1950 y 1960 sólo los miembros comunistas podían tener una buena posición y un trabajo decente para poder proveer para la familia. El administraba una librería grande en el centro de Leningrado. A mi papá le encantaba leer y siempre sabía todo acerca de cada libro y su autor.

En aquellos días, los libros estaban en demanda. A la mayoría de las personas en Rusia les encantaba leer y casi en cada casa había una biblioteca. Mis padres tenían una enorme colección de libros notables, y raros. Para mi padre, los libros eran un verdadero tesoro, pero mi madre los consideraba un lujo innecesario. Esto llevó a discusiones frecuentes.

Yo amaba a mi papá y estaba muy apegada a él. Su amable cara redonda con grandes ojos marrones y una encantadora sonrisa lo hacía lucir guapo a pesar de su calvicie de canas grises. A él le encantaba mimarme y siempre trataba de traerme algo todas las noches-----un dulce, un juguete pequeño o un libro nuevo. Yo siempre corría a la puerta cuando regresaba a casa, preguntando, "Papi, ¿me traes algo hoy?".

La vida en Rusia en la década de 1960 no fue fácil. A pesar de que mis dos padres trabajaban, no podían salir de la deuda y, a menudo, discutían sobre el dinero. Odiaba esos argumentos. Quería arreglar esta situación. Tenía un plan en mi mente. Todo lo que tenía que hacer era ganar mucho dinero y dárselo, para que nunca más se pelearan.

Desde muy joven soñé con el día en que pudiera comprar un vestido para mi mamá y un traje para mi papá.

Mi madre, una mujer muy atractiva con cabello corto y rubio, grandes ojos azules y hermosos labios carnosos, le encantaba usar colores brillantes y ser el centro de atención. Trabajó en el departamento de suministros en una pequeña empresa. Yo consideraba a mi madre la empleada más importante, ya que sus colegas siempre necesitaban algo de ella. Ella hablaba por teléfono con ellos día y noche. Mi madre tenía grandes habilidades de comunicación y siempre le suplía a su compañía todo lo que necesitaba.

Mis padres eran totalmente seculares. No conservaron ninguna tradición judía, días festivos o festivales. Ambos amaban las fiestas y con frecuencia tenían amigos en nuestro pequeño apartamento. La mesa estaba llena de sabrosos platos. Las mujeres ayudaban en la cocina, los hombres fumaban cigarrillos y charlaban.

Todo el mundo se vestía lujosamente. Proponían un brindis tras otro brindis, siempre alabando la comida de mi madre y la hospitalidad de los Kaminsky. Me gustaba cuando mamá y papá tenían invitados.

Parecían felices cuando tenían una fiesta. Mi padre escribía poemas divertidos y los leía en voz alta mientras todos se reían y comentaban. Tenían un montón de vodka y vino en la mesa. Mi madre nunca bebía alcohol, excepto un poco de champán.

Papá tampoco era un gran bebedor, pero la mayoría de sus invitados usualmente estaban muy borrachos al final de la noche. A veces, hablaban una lengua extraña y se reían.

Yo tenía curiosidad y siempre trataba de entender lo que era tan divertido. Solo muchos años después me di cuenta de que hablaban yiddish, el lenguaje de los secretos de los adultos.

Mis padres no eran fieles entre sí. Yo sabía que estaban jugando con otras personas, pero parecía ser un estilo de vida normal. Así es como vivieron toda su vida, amándose de verdad, pero también teniendo una vida separada en el lado. No me gustaba eso en absoluto, pero no sabía que eso no era algo habitual. Pensaba que toda familia vivía de esa manera

Sin embargo, en mi mente, estaba segura de que sería absolutamente diferente cuando yo creciera.

3
ESCUELA DE COMUNISMO

Me sumergí en un mundo nuevo y diferente cuando fui a la escuela. Crecimos aprendiendo sobre la evolución y nos enseñaron que solo las personas de generaciones anteriores tenían una mentalidad tan estrecha como para creer en la Biblia y en Dios. En nuestro sistema socialista perfecto, habíamos avanzado más allá de tal estupidez. Reconocimos sin lugar a dudas que nos originamos de un mono y no de Dios. Confié en cada palabra que nos enseñaron, a saber, a admirar solo al Partido Comunista y sus líderes.

Cuando tenía ocho años me uní al partido político Octubret. Los jóvenes octubritos de la Unión Soviética eran estudiantes de siete a nueve años de edad, que se unieron en un grupo en los escuadrones de la Escuela Pionera. Los grupos fueron liderados por consejeros de los miembros de Pioneras y Komsomol. En estos grupos, los niños se preparaban para unirse a la Organización de la Unión Pionera que lleva el nombre de Vladimir Lenin, el revolucionario marxista que dirigió la Revolución bolchevique de 1917.

Cuando un niño se unía a las filas de niños jóvenes octobristas, se le entregaba una insignia de solapa: una estrella de rubí de cinco puntas con un retrato de Lenin cuando era niño.

El término octubrista comenzó de la gran revolución socialista de octubre. Los octobristas eran considerados niños sinceros, valientes y trabajadores, a quienes les gustaba la escuela y respetaban a los ancianos. Fueron vistos como inteligentes y hábiles en honor del gran Lenin. Todos los niños pequeños de Rusia, incluyéndome a mí, soñaban con ser un octubrista.

EL DESTINO

En 1971, cuando tenía diez años, me convertí en Pionera. La organización Pionera educaba a los jóvenes leninistas en el espíritu de la ideología comunista y la lealtad a la patria soviética. La organización pionera aceptó estudiantes de nueve a catorce años. Como regla general, la ceremonia de aceptación de nuevos Pioneros se llevaba a cabo en un ambiente festivo, durante las vacaciones comunistas en lugares memorables, históricos y revolucionarios. Por ejemplo, en mi caso, la ceremonia tuvo lugar cerca de un monumento a Lenin, el 22 de abril, fecha del cumpleaños de Lenin.

El propósito de la organización Pionera era reclutar jóvenes luchadores para la causa del Partido Comunista de la Unión Soviética. El objetivo se expresó en el lema de la organización. En la llamada: "¡Pionero, prepárate para luchar por la causa del Partido Comunista de la Unión Soviética!" La respuesta era: "¡Siempre estamos listos!".

El propósito principal del gobierno comunista era desarrollar una cultura espiritual de inflexibilidad a todo lo que es extraño al estilo de vida socialista.

Cuando ingresé a la organización Pionera en la alineación de Pionera, como todas las demás, me até con orgullo mi corbata roja de Pionera y me presentaron un pin especial de Pionera.

Di una promesa solemne a las organizaciones Pioneras, Komsomol y Comunistas de la Unión Soviética. Cada uno de nosotros tuvo que memorizar y decir en voz alta frente a los padres, los líderes, los maestros y los estudiantes, quienes se reunieron para esta ocasión especial, esta promesa solemne a las organizaciones Pioneras, Komsomol y Comunistas de la Unión Soviética.

"*Me uní a las filas de la Organización Pionera de toda la Unión que lleva el nombre de Vladimir Lenin. Delante de mis compañeros prometo solemnemente amar a mi país, vivir, aprender y luchar, como legado al gran Lenin, como lo enseñó el Partido Comunista y cumplir siempre con las leyes de los Pioneros de la Unión Soviética*".

Acepté completamente la filosofía, los valores, los maestros y el uniforme, y me enorgullecí de ser un Pionero, de usar la corbata roja alrededor de mi cuello. Era buena en matemáticas y disfrutaba estudiando literatura rusa.

Por lo general, al comienzo de los semestres, los maestros revisaban la lista de los estudiantes, verificando si toda la información era correcta.

Cuando la maestra me preguntó deliberadamente: "Vita Kaminsky, ¿cuál es tu nacionalidad?" Me sentí tan avergonzada de pararme y pronunciar frente a todos que yo era judía. Desearía haber sido como todos los demás, una chica rusa normal. Si tan solo pudiera borrar esta pequeña palabra *judía* de mis documentos. Viví en un régimen donde "común" era bueno y "diferente" era malo. El comunismo nos dio la forma de pensar lo mismo, de lucir lo mismo y de hablar lo mismo. Me avergonzaba porque era diferente, pero no entendía mi identidad.

Siempre me gustaba la gente y me encantaba tener compañía, jugando con muchas niñas después de la escuela. A menudo nos visitábamos y hacíamos nuestra tarea juntos. Algunas de las chicas a las que consideré mis amigas íntimas, cuando discutíamos, me decían: "Eres una judía sucia, vete a tu Israel".

"*¿Por qué me envían a Israel? Mi patria es Rusia. No tengo nada que ver con ese país judío y su cultura*".

Esto puso en mi un mal sabor de boca para Israel. Odiaba escuchar sobre Israel y nunca quise ir allí

Aprendí sobre Israel de las noticias. Había una propaganda constante en su contra en los medios de comunicación, donde los israelíes siempre se mostraban como una nación agresiva que luchaba contra los árabes pobres y pacíficos. Consideré a Israel como un lugar poco desarrollado y atrasado, donde los ciudadanos todavía montaban camellos y andaban descalzos". Mi mamá y mi papá siempre me decían: "Debes salir con amigos judíos y, en el futuro, deberás casarte solo con un judío". No me gustó que mis opciones fueran tan limitadas en la elección de novios, pero en lo más profundo de mi corazón, sabía que mis padres tenían razón.

El antisemitismo estaba en el aire. Era más difícil para un judío obtener una buena posición en el trabajo. Había límites sobre cuántos judíos podían ser aceptados en la universidad. Estaba oculto, pero todas las familias judías sabían esto y trataban de educar a sus hijos para que fueran lo mejor de lo mejor. En las familias judías, era una costumbre dar a los niños educación musical adicional. Cuando tenía unos nueve años, mi padre me llevó a clases privadas de piano. Me pareció que se sentía atraído por mi profesora de música, Lena, una mujer muy amable, paciente y bien parecida. Disfruté aprendiendo a tocar el piano, pero a veces luchaba con las notas musicales. Lena a menudo le decía a mi padre: "Vita es una muy buena estudiante, hace grandes progresos". Me complace lo rápido que está aprendiendo y progresando".Estudié con Lena solo por un año y me entristecí cuando el horario de mi papá cambió y él ya no podía llevarme más a las lecciones.

4
CAMPAMENTOS PIONEROS

Durante tres meses, cada verano, mis padres me enviaban a un campamento de Pioneros, donde nos separaban según nuestras edades en grupos llamados unidades de Pioneros. Era emocionante marchar todas las mañanas a la alineación especial de Pioneros, llevando banderas rojas y cantando canciones patrióticas.

Nos mantenían ocupados con muchas actividades diferentes. Jugamos juegos, teníamos competencias deportivas, pintábamos, cosíamos juguetes de peluche para dar a los niños pobres y trabajamos en granjas colectivas para sacar la maleza. Había muy poco tiempo libre, así que los días pasaban rápidamente. Especialmente me encantó ser parte del coro, donde aprendíamos y cantábamos nuevas canciones.

Una vez al mes teníamos un Día de Padres. Esto era considerado como el mejor día del mes y nos preparábamos con gran anticipación. Había un show de talentos y una obra teatral grande. Todos los niños tenían que actuar y participar. Algunos niños cantaban en un coro, otros leían poesía o actuaban y otros hacían acrobacias.

Los padres nos traían dulces y chocolates y comida especial de casa que extrañábamos tanto. ¡Se sentía como una gran fiesta! Había algunos niños cuyos padres no se aparecían. Por lo general, todos trataban de compartir dulces con esos niños para hacerlos sentir mejor, pero aun así era una situación dolorosa.

Algunos niños tenían nostalgia y lloraban mucho cuando sus padres tenían que irse. También extrañé a mis padres durante los campamentos de Pioneros, pero nunca lloré ni me sentí sola, ya que estaba siempre activa y no tenía tiempo para aburrirme.

EL DESTINO

En uno de los campamentos de Pioneros, cuando tenía trece años, fui la cantante principal del coro. Cuando actué estaba muy nerviosa, pero al mismo tiempo me sentía muy bien y orgullosa de ser la cantante principal. Fue un gran honor para mí.

En nuestros campamentos Pioneros siempre teníamos un momento de tranquilidad después del almuerzo. Nos acostaban a dormir una siesta durante dos horas. Todas las chicas, alrededor de 15-17 de nosotros, dormíamos en una habitación grande. La mayoría de las veces no podía dormir a la mitad del día, así que cuando el maestro de nuestra unidad llegaba a la sala, tenía que fingir que estaba dormida.

Una tarde, cuando estaba acostada en la cama, oí los pasos pesados de un adulto. Inmediatamente me volví hacia el lado derecho y cerré los ojos, fingiendo que estaba durmiendo. Los pasos se hicieron más fuertes a medida que se acercaban. Sentí que alguien estaba justo detrás de mi cama. No vi quién era, ya que mis ojos estaban bien cerrados, pero de repente sentí que alguien me tocaba la frente con un poco de aceite. El aceite corrió por mi nariz y se sentía tan raro. No entendía lo que estaba sucediendo y por qué la maestra lo hacía, pero tenía miedo de mirar, porque ella podría enojarse conmigo por estar despierta. Después de que estaba segura de que se había ido, me limpié la nariz. Fue una experiencia tan extraña. Nunca lo había compartido con nadie y hasta el día de hoy todavía me pregunto: "¿Qué podría ser ...?".

Vita en el campamento Pioner

5
LA VERDAD SOBRE KOMSOMOL

El tiempo pasaba rápidamente. En 1975, cuando tenía catorce años, me convertí en una Komsomoletz, miembro de la Unión de Jóvenes Políticos Comunistas de la URSS. Cualquier persona entre los 14 y los 28 años de edad podría convertirse en miembro de Komsomol. A través de la estructura de esta organización, el gobierno controló la educación ideológica de los jóvenes e implementó proyectos políticos y sociales. Estos fueron los lemas de nuestro Komsomol: "El Partido y el Komsomol tienen un objetivo: ¡el comunismo! Si el Partido Comunista dice que es necesario, Komsomol responderá: "¡Sí, sí, señor!"

Es fascinante lo inteligente, meticuloso y detallado que fue el propósito de este sistema. Sonaba tan moral y justo. Tenían los mejores principios, muchos de ellos incluso se correspondían completamente con los principios Bíblicos, pero el único problema era que: sacaron a Dios de ello.

De alguna manera, me tomó tanto tiempo ver toda la corrupción detrás de estos lemas. Cuando estaba en la universidad en una de las reuniones de Komsomol sobre la aceptación de nuevos miembros, me atreví a decir sobre un estudiante: "No creo que esté lista para ser un Komsomoletz. Ella no hace su tarea y ni siquiera se presenta a las clases". Casi se ríen de mí, porque era tan ingenua y estúpida.

Estaba confundida y todavía no entendía por qué no seguían los principios que enseñaba Komsomol.

De vuelta en nuestra escuela secundaria, solo estudiantes excepcionales fueron aceptados en Komsomol. Había criterios que teníamos que pasar. A veces eran más difíciles que los exámenes finales. Recuerdo haber estudiado durante semanas para estar bien preparada. Nuestro comité de Komsomol de la escuela me hizo cuarenta preguntas diferentes sobre política e ideología y tuve que responderlas todas correctamente.

Además, un estudiante que quería ser Komsomoletz, debería tener buenas calificaciones, conocer bien la ideología, nunca llegar tarde a las clases y siempre tener un buen comportamiento, sin antecedentes de discutir con los maestros o no hacer las tareas.

Después de la reunión, le pregunté a uno de mis amigos: "¿Cuál fue el trato con esa chica y por qué estás tan ansioso por conseguir más personas en Komsomol?"

"¿No lo sabes, Vita? Tenemos una cuota; Debemos conseguir al menos diez personas más cada mes. Es un requisito de los líderes del Partido Comunista".

"Oh ... ya veo ..." Me sorprendió. Así que no era nada sobre ser excepcional o ser un buen estudiante, seguir las reglas, respetar a las personas mayores y entregar todo tu corazón a lo que haces y crees. Todas estas eran solo mentiras.

Había estado cuestionando muchas otras cosas concernientes al sistema comunista, pero no fue hasta en la universidad que finalmente se me ocurrió que todos estos años había creído en algo que realmente no existía. Finalmente me di cuenta de lo falsas que eran las ideas de la sociedad comunista. El sistema se creó para controlarnos, para cegarnos del mundo real y de la verdad de la vida. Me sentí tan engañada y decepcionada. Solo entonces entendí por qué tenían una censura tan estricta y no querían que la gente encontrara alguna información o tuviera alguna opción.

6
"ESTILO DE VIDA LIBRE"

Siendo una adolescente aventurera, fui a un emocionante viaje en bote de diez días, donde dormíamos en carpas y cocinábamos en fogatas. En esta gira me enamoré de un chico encantador de 22 años, que cantaba y tocaba muy bien la guitarra. Le supliqué que me enseñara a tocar la guitarra y él me enseñó una canción que tenía solo tres acordes. Esto fue suficiente para encender mi pasión por aprender más.

Después del viaje, corría a casa todos los días a mi nueva guitarra que mis padres me habían comprado. Vi a personas que tocaban guitarras, tratando de captar los nuevos acordes y diferentes ritmos. Estaba desesperada por aprender y pasé horas practicando hasta que mis dedos tuvieron callos. Finalmente, encontré una escuela de música por la noche y estudié guitarra clásica durante un año y medio, yendo a la universidad por la mañana y a la escuela de música por la noche.

Comencé a escribir mi propia lírica, usando melodías conocidas. La mayoría de ellas eran canciones vulgares para divertirse y bromear, así como algunos poemas de amor y dedicaciones a mis padres o a hombres que me gustaban.

Después de obtener un título universitario en economía comercial, obtuve un buen trabajo representando al gobierno en exhibiciones de mercadeo y comercio.

Todavía vivía con mis padres en el mismo apartamento de dos habitaciones, donde una habitación era tanto la sala de estar como la habitación de mis padres. Con mi primer cheque compré un juego de muebles nuevos para nuestra casa. Me alegré de ayudar a mis padres, contribuyendo con el dinero que gané a nuestro presupuesto familiar. De alguna manera, nunca tuvimos esta división: "Este es mi dinero y este es el tuyo". Vivíamos juntos como familia y siempre queríamos darnos el uno al otro. Mi mamá a menudo me compraba cosas lujosas. Quería que su hija tuviera solo lo mejor y que nunca experimentara la falta de nada.

Comencé a vivir un estilo de vida muy libreral, fumando y bebiendo, contando chistes sucios y viendo películas pornográficas. Centrado en mí misma y arrogante, engañé y mentí sin cesar, y nunca sentí remordimiento, aunque siempre me consideré una persona con altos estándares morales. Mi vida giraba en torno a varones, fiestas y entretenimiento. Me acostumbré a que me dijeran que era una joven hermosa. Me gustaba vestirme de manera provocativa y hacerme notar en la multitud. Tuve suerte y siempre obtuve lo que quería.

Con mis amigas a menudo íbamos a una discoteca o alguna academia militar para bailar. De hecho, si estaba enamorada de alguien, era solo por unas pocas semanas o incluso menos. Tan pronto como tenía la oportunidad de conocer mejor a la persona, o de ir a una cita con él, la decepción y el vacío se hacían cargo. Siempre estaba buscando el amor, pero no podía encontrarlo en ninguna parte.

La música llenó el hueco en mi alma. Me gustaban los ensayos que teníamos dos veces a la semana con mi grupo de música. Era un grupo de seis universitarias, que tocaban en todos los eventos universitarios durante las vacaciones y para ocasiones especiales.

Nos quedábamos después de las clases en el gran vestíbulo de la universidad, donde en la esquina había un gran piano de cola blanco. Nuestro profesor de música era un músico extremadamente talentoso que nos enseñó a cantar en armonía. Esta fue mi delicia. La unidad de primera y segunda voz de soprano con voz de alto me fascinó y fue como un bálsamo para mi corazón.

7
SAM

Mientras estudiaba en la universidad, conocí a Sam a través de una de mis amigas y de su novio. Los cuatro salimos juntos mucho. Nunca miré a Sam como un posible novio. Era una persona genial y divertida, pero solo un buen amigo. No sabía si se sentía atraído por mí o por otra razón, pero Sam le apostó a su amigo Víctor que se convertiría en mi novio.

Ser buenos amigos es un buen comienzo para una relación romántica. Disfruté mucho nuestra amistad y me apegué a Sam. Un día, descubrimos que nuestras madres eran amigas íntimas en su infancia. Esta fue una coincidencia interesante, a través de la cual descubrí que Sam era judío. Me sorprendió mucho y lo miré con ojos diferentes.

Mi madre llamó a la madre de Sam y hablaron alegremente durante mucho tiempo y se reunieron. Un fin de semana, Sam y su familia vinieron a visitarnos. Me pareció un poco extraño cuando Sam apareció con su madre, pero tuve que admitir que en un momento el ambiente se sentía como en familia.

Empezamos a salir, así que Sam ganó la apuesta. En medio de nuestro amor tormentoso, fue llamado al ejército...

Nuestro plan era casarnos en dos años a su regreso del ejército.

En ese momento, cuando un joven iba al ejército, nunca sabía dónde iba a servir. Por lo general, la familia puede obtener información sobre su hijo solo después de un mes o dos cuando recibían la primera carta de él.

En 1978, muchos soldados rusos fueron enviados a Afganistán y muchos de ellos no regresaron. Siendo judío, Sam creía que tenía una probabilidad del 100 por ciento de servir en

Afganistán, por lo que tomó un riesgo que salvó su vida.

Uno de sus oficiales, en lugar de devolverle a Sam la identificación del ejército, olvidó que la firmara y la puso sobre la mesa. Sam era un joven inteligente y se aprovechó de la situación. A altas horas de la noche, cuando todos dormían, tomó su documento del ejército de sobre la mesa y lo quemó. Los oficiales no pudieron encontrar su identificación en ninguna parte, y tuvieron que emitir una nueva. Sam tardó casi tres meses en obtener su nuevo documento del ejército. Este retraso le costó a Sam algo de tiempo y se perdió la asignación de servir en Afganistán. En su lugar, fue enviado a Siberia para su enganche de dos años.

Esperé fielmente a Sam durante su servicio. Volvió del ejército y nos casamos.

Teníamos que vivir con mis padres incluso después de casarnos. En Rusia, solo cuando una pareja se casaba podían solicitar una casa propia. Había una larga lista de espera para nuevos apartamentos y, por lo general, pasaban años antes de que el gobierno proporcionara un nuevo hogar para una pareja. Incluso si las personas tenían dinero para comprar una casa, todavía no era una opción, ya que todos los bienes raíces estaban totalmente controlados por el gobierno soviético y solo ellos asignaban apartamentos.

Después de un año y medio, nació mi hija Julia y se convirtió en el centro de mi vida. Me encantaba leerle libros a ella y cantarle canciones mientras tocaba mi guitarra. Era una niña tan linda, muy inteligente y activa; realmente era la alegría de mi vida.

Todavía vivíamos con mis padres cuando nació Julia, así que tuvimos que reorganizar nuestro apartamento y construir un muro temporal para tener un poco más de privacidad. De esta manera, no tuvimos que pasar por la habitación de mis padres o hacer que ellos pasaran por la nuestra. Deseaba no vivir con tanta estrechez y falta de espacio, pero no podía quejarme. Seguimos siendo considerados muy afortunados. Algunas familias vivían en apartamentos comunales y tenían que compartir un baño y una cocina con extraños.

Sam trabajaba en una tienda de muebles, donde después de algunos años, se convirtió en gerente. Incluso con esta buena posición, tenía un salario pobre. En la Rusia Comunista, no había un mercado privado, y todos los trabajos eran empleos del gobierno. Pagaban muy poco, así que para ganarse la vida Sam hacía negocios que no estaban permitidos en Rusia. Las autoridades sabían que las personas no podían sobrevivir viviendo solo con su salario. También sabían muy bien que las personas en esas posiciones estaban haciendo este negocio ilegal. Hacía a la gente vulnerable, ya que en cualquier momento el gobierno podría llevarlos a la prisión.

Cuando Julia tenía tres años, finalmente conseguimos nuestro propio apartamento. Era una casa pequeña con dos habitaciones y una cocina pequeña.

Después de unos años, Sam y yo ya no nos éramos fieles. A veces, cuando Julia dormía en casa de Sam o en casa de mis padres, le decía a Sam: "Me quedaré en la casa de mi amiga esta noche" y no regresaba a casa en absoluto. Nos mentimos el uno al otro y sabíamos que lo estábamos haciendo. De alguna manera, con amigos todo el tiempo, fiestas y entretenimiento, manteniendo otra vida al margen, vivimos durante años seguros de que este estilo de vida era absolutamente normal.

A menudo teníamos fiestas en nuestra casa. Los amigos a veces visitaban inesperadamente. No importaba si era un fin de semana o un día laborable, si necesitábamos ir a trabajar al día siguiente o no, la cultura rusa requería hospitalidad, casi a cualquier costo. Los amigos solían venir con una botella de vino o vodka y siempre encontramos una razón para celebrar y emborracharnos.

Un día, tuvimos una fiesta en un restaurante. Los padres de Sam estaban con nosotros, ya que era una celebración de Año Nuevo. Sam desapareció durante unos cuarenta minutos y luego vino medio borracho con una chica. No tenía idea de quién era ella. Sam la presentó a todos. Cuando se me acercó, le dijo a la niña: "Esta es mi hermana". Me sorprendió un poco, pero funcionó bien para mi situación y me dio aún más confianza de que mi infidelidad estaba totalmente justificada.

En el Día Internacional de la Mujer, el 8 de marzo, que se celebraba todos los años en Rusia, Sam y yo, con algunos amigos, fuimos a un restaurante, donde el gerente era un conocido. Su nombre era Grisha.

Le pregunté a Sam: "¿Le pedirías a Grisha que me dejé cantar una canción en su restaurante?" Esperaba, tal vez, conseguir un trabajo como cantante. Este fue mi sueño. Para mi gran sorpresa, Grisha aceptó de inmediato que yo cantara una canción. Llegué al escenario, tomé el micrófono y comencé a cantar una canción famosa, que sabía muy bien. La gente seguía bailando. ¡Esto fue increíble y sonaba realmente genial! Todos aplaudieron. Me sentí una alegría tan grande. Qué maravilloso sería trabajar aquí y cantar cada noche, pensé para mí misma.

Grisha sonrió y le dijo a Sam: "Puede comenzar a trabajar la semana que viene, si quiere".

¡Sí Sí! Esto es exactamente lo que quiero, me dije. Estaba tan emocionada, pero incluso con toda mi pasión por este trabajo, tenía para rechazarlo, porque mi hija Julia todavía era muy joven y yo necesitaba cuidarla.

8
DEJANDO A RUSIA

En 1988 fue el comienzo de la perestroika, la reestructuración del sistema comunista, cuando a los judíos les dejaban salir de la Unión Soviética. Muchos de nuestros amigos judíos empezaron a pensar en dejar a Rusia. Era un gran evento si alguien se iba del país. Solo a los judíos se les permitió hacer esto debido a acuerdos internacionales, y el derecho de los judíos a regresar a Israel, y aquellos que se iban eran considerados traidores.

Nunca quise ir a Israel, pero soñé con América, el país del éxito y las posibilidades. Planeé enriquecerme, tener una casa grande y un automóvil elegante, desarrollar una carrera exitosa y viajar por el mundo. Mi tío Nick, el hermano de mi madre, había estado viviendo en Nueva York con su esposa y su hija durante algunos años. Se habían unido a la clase media de América y parecían estar felices.

"Vita, cuando vengas, puedes quedarte con nosotros por un tiempo", dijo Nick por teléfono. "Tendrás una visa de refugiado, por lo que no será un problema en absoluto, ya que recibirás ayuda del gobierno estadounidense. No te preocupes, todo estará bien ", me animó Nick.

"¡Eso es genial! Gracias, tío Nick".

Aprecié tanto a Sam como a mis padres por ayudarnos a dejar la URSS. Ellos deseaban que tuviéramos una vida mejor en un país libre. Se arriesgaron, ya que podrían no volver a ver a su nieta ni a mí de nuevo. Rusia siempre fue impredecible y nadie sabía qué pasaría después y cuánto tiempo permanecerían abiertas las puertas.

Como resultado de mi decisión de irnos, mi padre tuvo

muchos problemas en su trabajo. Lo amenazaron con despedirlo por permitir que su hija traicionara al país.

Nos preparamos para nuestra partida dándonos cuenta de que tendríamos que comenzar una nueva vida en un lugar nuevo, adquirir nuevos amigos, nuevos idiomas, nuevos valores, nuevos trabajos e incluso una nueva mentalidad. Esperábamos poder instalarnos rápidamente en Estados Unidos y llevar a nuestros padres a donde estaríamos.

El gobierno ruso nos multó con 500 rublos por "mal comportamiento", es decir, por dejar nuestra patria. (Los salarios medios entonces eran 120 a 140 rublos por mes). Se llevaron nuestros pasaportes rusos puesto que ya no nos consideraban ciudadanos de la URSS. En su lugar, nos dieron a cada uno de nosotros un pedazo de papel con nuestras fotos pegadas, nuestros nombres, y fechas de nacimiento diciendo que éramos judíos. Esta fue la única identificación que tuvimos cuando dejamos nuestra patria. Incluso si hubiéramos tenido miles de dólares, el gobierno ruso "muy generosamente" nos habría permitido llevar al extranjero solo $ 147 por persona, este fue el único dinero que teníamos cuando nos fuimos de Rusia.

Salimos de la URSS en marzo de 1989. En el aeropuerto, mi padre me abrazó con fuerza. "Vitusha, mi niña". Sus ojos se llenaron de lágrimas. Nos despedimos como si nunca nos volviéramos a ver. Mi mamá y yo nos tomamos de las manos, nos abrazamos y lloramos también. "Vita, si no puedes llamarnos, escríbenos lo antes posible...

Ten cuidado y cuida de Julia y de ti. Por favor, no olvides comer bien".

"Mamá, papá, por favor no llores. Estaremos bien. Hay una vida mucho mejor a la que vamos. Haré todo lo que pueda para que vengas a América pronto. Te quiero. Estaremos juntos otra vez, lo prometo.

"Vita, tenemos que irnos", dijo Sam, "ya han anunciado el embarque".

Tomando la mano de Julia, ella solo tenía cinco años y medio, me mudé a la sección de seguridad, mirando hacia atrás de vez en cuando y saludando a mis padres y amigos que vinieron a despedirme. Había muchas otras familias con la misma situación desgarradora. Con el ruido de las conversaciones, los constantes anuncios en los aeropuertos, las enormes maletas y las bolsas por todas partes, fue difícil moverse entre la multitud. Julia y yo saludamos a mis padres una vez más desde la distancia. No vieron las lágrimas corriendo por mis mejillas.

PARTE 2
MI VIDA GITANA

9
LOS PRIMEROS PASOS EN UN MUNDO LIBRE

Habían alrededor de treinta de nosotros judíos en Leningrado ese día con la esperanza de encontrar una vida mejor. A pesar de que nunca antes había estado en un vuelo internacional, todavía me sentía como si estuviera en Rusia por el idioma y las personas que me rodeaban. En el avión nos sentamos juntos con nuestros amigos y bromeamos sobre algunas afirmaciones y requisitos ridículos que la Aduana rusa nos obligó a seguir.

Representantes del Comité de Distribución de American Jewish JOINT, una organización judía de asistencia humanitaria, se reunieron con nosotros cuando aterrizamos en el aeropuerto de Viena en Austria. Hablaron ruso y explicaron nuestro procedimiento de inmigración. Cuando nos preguntaron si íbamos a Israel, Sam dijo: "No, nos vamos a América".

Los judíos que querían ir a Israel tomaron un vuelo directo de Viena a Tel Aviv. El resto de nosotros tuvimos que esperar y pasar por un procedimiento diferente. Un autobús nos esperaba afuera, en el estacionamiento del aeropuerto. En el autobús miré por la ventana y me sorprendió. Justo después de un vuelo de tres horas, el mundo se veía diferente. Las calles por donde

Oxana Eliahu pasamos eran limpias y hermosas. Las ventanas grandes y brillantes de la tienda eran alucinantes para una persona que nunca había visto nada, excepto la URSS. No podía creer que tuvieran una abundancia de alimentos, ropa y diferentes productos disponibles en cualquier momento.

¿Cómo es posible que en Rusia nunca tuviéramos esto, sino siempre hicimos filas durante horas para obtener unos cuantos plátanos o bayas o alguna ropa decente?

En Viena, JOINT les dio a todos cantidades iguales de chelines austriacos y dijo: "Este es su dinero para las próximas dos semanas. Asegúrese de gastarlo con prudencia". No teníamos ni idea de cuánto valían esos chelines y cómo deberíamos planificar nuestro presupuesto con esta moneda extranjera.

El lugar donde nos alojamos era un apartamento grande con muchas habitaciones y una cocina enorme con cinco estufas. Había alrededor de treinta personas, todos judíos rusos, en el mismo apartamento, compartiendo la cocina, las duchas y los baños.

Aprendimos de los que estaban en nuestro departamento que habían salido de Rusia unas semanas antes. Ya tenían cierta experiencia en cuanto a dónde comprar alimentos más baratos y cómo ahorrar en el transporte público. Descubrimos rápidamente sobre los nuevos productos y cómo ir de un lugar a otro. Al final de nuestras dos semanas de estadía en Viena, aún nos quedaba algo de dinero, así que hicimos un recorrido con un guía ruso para ver la hermosa ciudad. Fue increíble.

Nuestro siguiente destino fue un campamento de refugiados en Italia. La gente de JOINT, que nos supervisaba, anunció que por la mañana un autobús estaría esperando para llevarnos a la estación de tren. Empacamos todas nuestras pertenencias y alrededor de las 9:00 a.m. ya estábamos en la plataforma esperando que llegara el tren. Nos paramos en la estación de tren con todos los judíos rusos alrededor, familias con niños y personas mayores, todos ellos llevando sus maletas grandes y bolsas. Cada dos minutos anunciaban en alemán las llegadas de trenes. El idioma alemán me recordó las películas que vimos en Rusia sobre la Segunda Guerra Mundial. De pie en la estación de tren, me sentí como en esa película en la que los alemanes llevaban a los judíos en tren a los campos de concentración.

Cuando por fin llegó el tren, todos intentaban subirse ya que no había tiempo suficiente. Algunas personas intentaron empujar su equipaje a través de las ventanas. Los niños lloraban. Había pánico por todas partes. Algunas personas incluso intentaron pasar a los niños pequeños por las ventanas del tren.

También estaba muy nerviosa, sosteniendo a mi pequeña Julia cerca de mí, mientras Sam estaba cuidando nuestro equipaje. Dejé escapar un gran suspiro de alivio cuando los tres finalmente abordamos el tren.

10
LLEGADA A ITALIA

Cuando llegamos a Roma, Italia, recibimos algunas liras italianas de JOINT. Una vez más, necesitábamos aprender a usar el dinero nuevo.

Miles de judíos rusos estaban atrapados en Italia esperando que las visas ingresaran a los Estados Unidos. Era difícil sobrevivir con el subsidio y pagar el alquiler y la comida. Muchas personas vivían juntas en pequeños departamentos, compartiendo los pagos de gas, electricidad y agua. Alquilamos un pequeño apartamento en una linda y pequeña ciudad llamada Ladispoli en el hermoso Mar Mediterráneo.

Toda la comida en las tiendas de comestibles se veía tan deliciosa. Yo quería comprar todo. A veces, no miraba las mercancías en absoluto, solo los precios. Traté de encontrar algo para una o dos miles liras (valor de aproximadamente uno o dos dólares). Estaba constantemente hambrienta, tratando de sobrevivir, pero incluso logré ahorrar algo de dinero para enviar a mis padres un pequeño paquete con algunos regalos.

El propietario italiano fue muy amable al permitirnos llamar a nuestros padres una vez a la semana. Fue una alegría para ellos escuchar nuestras voces. Esas pequeñas bondades, si bien pueden parecer que no son un gran problema para el donante, siguen siendo un recuerdo agradecido para siempre en la mente del receptor.

Durante este tiempo el consulado estadounidense fue bastante selectivo. No les dieron una visa a todos y se desconocían los criterios para obtener una visa. A veces incluso separaban a las familias, otorgando una visa a los niños, pero no a los padres y viceversa. Hubo mucho drama y muchas manifestaciones cerca del consulado estadounidense en Roma.

Todos los judíos rusos tenían que reunirse personalmente con el cónsul estadounidense y contar su historia de opresión en la Rusia comunista. El objetivo era persuadir al cónsul de otorgarle una visa de refugiado a Estados Unidos. Sam y yo inventamos una gran historia dramática de cómo fuimos perseguidos como judíos en Leningrado, Rusia. Fui una mentirosa hábil y lo hice muy bien. No tenía ninguna duda de que obtendríamos nuestra visa para los Estados Unidos ya que teníamos buenas habilidades, éramos sanos, jóvenes y hermosos. Pensé, somos personas tan increíbles con un enorme potencial. ¿Por qué América no nos quisiera? Seguramente estarían encantados de darnos la visa y tenernos como parte inmediata de su país.

Desafortunadamente, se nos negó la visa, lo que nos dejó en un futuro desconocido. Esto fue un gran shock para mí. El tío Nick estaba triste. No tenía ingresos suficientes para asumir la responsabilidad financiera de los tres, por lo que no podía ayudar.

Sentí que todos mis sueños estaban arruinados, todos mis planes destruidos. Fue injusto. Estaba enojada y muy decepcionada, pero no podía cambiar nada. Rusia nos quitó la ciudadanía, Estados Unidos no nos quiso e Italia no nos dio derechos, no se nos permitió trabajar ni hacer negocios, no tuvimos la oportunidad de vivir con dignidad. No tenía idea de qué hacer.

Al menos no nos sentimos solos. Había muchos judíos rusos en la misma situación difícil, estando atrapados en Italia sin ninguna esperanza o solución. El único país en el mundo que quiso aceptarnos fue Israel. Los representantes de la Agencia Judía trataron de persuadirnos a emigrar al Estado de Israel, prometiéndonos proporcionarnos una casa, trabajo y dinero. Los beneficios que propusieron fueron muy tentadores, pero fui obstinada y voluntariosa. Sam intentó convencerme de que fuéramos a Israel. Incluso comenzó a aprender hebreo. Le dije a él y a nuestros amigos: "No voy en esa dirección. Incluso si tengo que morir de hambre aquí en Italia, no iré a vivir a Israel, hablar ese idioma estúpido y escribir de derecha a izquierda. ¡No hay manera! Mi corazón está puesto en América y no me rendiré".

Yo estaba perdida. Tener una niña pequeña que necesitaba comenzar la escuela significaba que no podríamos simplemente estar en el limbo, sin ciudadanía o derechos.

Aprendí italiano muy rápido. Después de cuatro meses ya hablé con fluidez. Quizás esto fue por mi oído musical o simplemente porque tenía que sobrevivir.

Julia encontró amigos entre nuestros vecinos. Algunos de ellos eran italianos y algunos judíos rusos. Jugaban todo el día y parecía que no tenían barrera con el idioma. Julia se adaptó fácilmente a su nueva vida. JOINT y algunas otras organizaciones estaban ayudando con programas infantiles gratuitos, que Julia disfrutó mucho. Le encantaba jugar con otros niños y era muy inteligente e independiente. En Rusia, fue Sam quien siempre tuvo una gran idea sobre cómo ganar dinero y hacer negocios.

De alguna manera, en Italia, al principio, no pudo encontrar ninguna solución, excepto tratar de vender algunos relojes rusos y otros pequeños recuerdos que habíamos traído de la URSS. Así que sentí que no tenía otra opción; necesitaba ayudar a mi familia a sobrevivir. No pudimos hacerlo con el dinero de JOINT. Simplemente no era suficiente.

Acepté cualquier trabajo que se me presentara, por ilegal que fuera: enseñar ruso, trabajar en una pizzería, planchar, limpiar y trabajar en el mercado exterior.

Recuerdo que mientras trabajaba en la pizzería, siempre quise comer la pizza y otros platos italianos increíbles que ayudé a Evelina, la dueña del restaurante, a preparar. A veces, cuando no estaba mirando, me ponía algo en la boca, pero la mayoría de las veces me observaba atentamente.

En su cumpleaños, Evelina estaba de buen humor y me ofrecía un poco de pasta y postre. Incluso me dio un poco de pizza para llevar a casa. Este fue un buen día ya que llenamos nuestros estómagos con comida sabrosa.

A veces en Italia me recordaba de nuestra vida en Rusia. Siempre había muchas delicias en la mesa, dinero para ir a restaurantes y mis viajes con o sin Sam al Mar Negro, Crimea, Ucrania, Letonia, Estonia, Lituania o el Mar Caspio ... La vida no era tan mala ... ¿Tal vez cometimos un gran error al dejar Rusia? Me preguntaba.

Incluso la falta de dinero no fue tan difícil para mí como nuestro futuro desconocido y nuestro destino incierto. ¿Cuánto tiempo tendremos que vivir así?

11
MI PRIMERA PASCUA

Después de unos pocos meses en Italia, algunos judíos religiosos invitaron a los refusniks, aquellos de nosotros que no obtuvimos una visa para América, a un Seder de Pascua en la antigua Sinagoga. Nos prometieron darnos una sabrosa cena gratis si íbamos. Por supuesto, no pudimos resistirnos a esta invitación.

No tenía ni idea de qué se trataba la Pascua. Mis padres nunca la habían celebrado. Teníamos algo de matzá (pan sin levadura) en casa de vez en cuando, pero eso no significaba nada para mí.

La Sinagoga Vieja era un edificio extraño con cuadros interesantes en las paredes, grandes columnas en el centro de las habitaciones y muchas estanterías llenas de grandes libros pesados. Las luces se atenuaban, lo que hacía que el interior fuera aún más misterioso y único. Hombres y mujeres entraron por separado a través de diferentes puertas. Algunas damas encendieron los postes, diciendo algo y agitando las manos en el aire. Nadie nos saludó, ni siquiera "shalom" o "Ciao".

El pasillo más pequeño conducía a una habitación más grande con un techo alto, donde se colocaban unas treinta mesas rectangulares cubiertas con manteles de lino blanco para el Seder de Pascua. La habitación estaba llena de gente. Los judíos ortodoxos, que dirigieron la fiesta, estaban vestidos de blanco y negro y hablaban con un sonido pesado. Pusieron algo de comida en las mesas, pero nos prohibieron tocarla. Solo a veces alguien traducía al ruso, pero incluso con la traducción, a mí me parecía una tontería. Después de una interminable charla y pesada, finalmente dijeron: "Ahora puedes beber un poco de vino y comer un huevo".

    Estaba hambrienta, molesta y me sentí engañada. ¿Qué es toda esta estupidez? Solo quieren humillarnos. No me importaba que fuera un día santo importante o una tradición significativa especial con un significado tremendamente profundo. Solo me concentré en mi propio ser, mis deseos y sentimientos. Les dije a mis amigos en voz alta: "Oigan, muchachos, salgamos de aquí. Esto es tan aburrido y ridículo ", pero querían esperar por la comida. Me pareció que el Séder de la Pascua duró para siempre. Finalmente trajeron un gran plato de carne con puré de papas y brócoli, ensaladas y postres. La comida estaba deliciosa. Al menos mantuvieron su promesa.

12
EL CLUB AMERICANO

Unos días más tarde, mientras iba por la calle, noté un anuncio.

AMERICAN CLUB ESTA NOCHE A LAS 7PM
"JESUCRISTO"— UNA PELÍCULA EN RUSO
TODOS BIENVENIDOS
ENTRADA GRATIS

Las personas que operaban el Club Americano eran misioneros bautistas de los Estados Unidos.

JOINT estaba a cargo de los inmigrantes judíos en Italia y nos había estado dando una pequeña cantidad de dinero cada mes. Nos advirtieron: "Sean consciente y asegúrense de que nunca vayan a ninguna actividad cristiana. Si descubrimos que han estado allí, perderán su asignación de nuestra parte".

Siendo atea, no entendía por qué estaban tan en contra de los cristianos. Cuando dijeron "No vayas", me dieron ganas de ir más. Realmente no me hizo ninguna diferencia, al ser refugiados, no podíamos permitirnos el lujo de ir al teatro o al cine, así que para mí fue como volver a probar la vida normal.

A pesar de la advertencia dada por JOINT, miramos a ambos lados y nos escabullimos para ver la película. La puerta de la calle nos llevó al patio interior. Dos amables señoritas se pararon en la entrada y nos saludaron con un ruso roto, "Privet, kak dela?" (Hola, ¿cómo estás?) Ellas sonrieron y fueron muy amables. Las dos mesitas estaban cubiertas de libros. Inmediatamente me di cuenta de algunas galletas en una bandeja de plata en la esquina de la mesa.

Las damas explicaron: "Todos estos libros son gratuitos. Pueden tomar tantos como quieran".

Su actitud era inusual para nosotros. Nadie nos quería en este país extranjero. A nadie le importaban los refugiados, éramos considerados el fondo del barril. Nunca en mi vida había conocido a creyentes cristianos. Los bautistas en el Club Americano eran diferentes: cálidos, amorosos y con una luz única que brillaba en sus ojos.

"¿Quieres unas galletas?" Preguntó la señora de cabello rubio.

Sabía algo de inglés, ya que tomé muchas clases antes de salir de Rusia. "Seguramente, muchas gracias", respondí, sintiéndome orgullosa al practicar mi inglés.

Tuve que admitir que las galletas gratis lo hicieron aún más dulce.

El lugar donde mostraron la película estaba lleno, no había asientos vacíos. La película fue fascinante. Nunca antes había escuchado o visto algo así. Me conmovió la historia de Yeshua (Jesús). Por naturaleza, soy una persona muy sensible y fácilmente tocada y sollozo incluso cuando veo Pinocho o Cenicienta.

Al final de la película, una voz dijo: "Si te gustó la historia de Yeshua, repite esta oración después de mí e invítalo a tu vida".

No entendí lo que significaba "oración", esta palabra ni siquiera estaba en mi vocabulario, pero repetí esa oración sin comprender. No le dije a Sam ni a nadie más que oré porque no quería que se rieran de mí.

Creo que este fue el primer momento real en mi vida cuando la puerta de mi corazón tenía una pequeña grieta y Dios pudo dejar caer una pequeña semilla dentro.

No se trataba de mí, porque solo era tierra, tierra vacía, nada especial. Se trata de esa pequeña semilla: que cuando entra, algo comienza a crecer allí.

13
LUZ AL FINAL DEL TUNEL

El pastor Joel y Caroline del American Club ayudaron a muchos judíos rusos a encontrar patrocinadores en los Estados Unidos y otros países. Cuando descubrimos que ayudaron a muchos a salir de Italia, decidimos recurrir a su ayuda también.

"Esta es nuestra única oportunidad", me convenció Sam.

Fuimos a sus servicios dominicales y fingimos estar interesados en toda esta estupidez acerca de Dios y Jesús. Sam me sugirió que aprendiera sus canciones de adoración. Me uní al equipo de adoración del American Club, tocando y cantando alabanzas a Dios con mi guitarra. La única diferencia fue que lo hice para las personas y no para Dios, probando todo lo que pude para encontrar una solución a nuestra situación. Adoré a Dios para impresionar y complacer a los creyentes bautistas. Nuestro objetivo era hacer que nos gustaran y ayudarnos a salir de Italia. Esta fue nuestra estrategia.

En el American Club, escuchamos a los pastores acerca de la creación, los convenios, los mandamientos y sobre la vida y la muerte. Disfruté las interesantes historias de Abraham, Isaac, Jacob y José. Nunca los había escuchado antes. Cuanto más aprendía, más preguntas tenía.

Esos creyentes bautistas estaban allí para nosotros. Aprendieron nuestra cultura y mentalidad y cómo darnos la Palabra de Dios sin presionar. Vi algo único y atractivo en ellos mientras expresaban tanto amor por nosotros. Siempre pensé que las personas que creían en Dios eran estúpidas y primitivas y estaba muy sorprendida de lo bien educados e inteligentes que parecían ser todos en el equipo del American Club. No pude comprender cómo, con todo su conocimiento, todavía creían en esta tontería acerca de Dios.

Un domingo por la mañana, después del servicio, el pastor Joel me dijo: "No necesitas ser perfecto ni hacer nada especial para que Dios aparezca en tu vida". Vita, si solo abres tu corazón a Dios, Él se te revelará y te mostrará el camino".

Cuanto más escuchaba las historias bíblicas y la predicación del pastor Joel, más dudas surgían en mi mente. ¿Y si tienen razón y hay un Dios y una vida después de la muerte? ¿Y si esto es verdad que Yeshua es el único camino? Hmmm...

Parecía que, si lo aceptaba, no perdería nada. No parecía doloroso ni peligroso. Después de sopesar todos los pros y los contras, decidí que era un buen negocio---es gratis. No vi cómo podía lastimarme. Aceptar fue una situación de ganar-ganar, así que hice un trato con Dios.

"Está bien Dios, ¿dónde estás?", Le pregunté sarcásticamente. "Si existes y me escuchas ahora, aquí estoy, abriendo mi corazón. Esto es lo que querías, ¿no es así? Ahora ven y muéstrame qué clase de Dios eres."

No fui humilde en absoluto y no hablé con honor y respeto. A pesar de mi actitud orgullosa y cínica, Dios me escuchó esa noche.

14
EL SUEÑO

Después de una semana, tuve un sueño poderoso, que se repetiría varias veces en mi vida. Estaba en un enorme edificio muy alto y necesitaba subir al décimo piso. Tomé un ascensor. Estaba apestoso y sucio por dentro. Después de unos treinta segundos, el ascensor se atascó en el medio de los pisos y las luces se apagaron. La oscuridad cubrió todo. No pude ver nada y estaba aterrorizada. Lloré, pedí ayuda e intenté abrir la pesada puerta de metal del ascensor. Estaba sola, sintiéndome miserable e inútil, asustada y estresada. El sudor frío penetró en mi cuerpo y un miedo terrible me venció. Fue una pesadilla.

Finalmente, de alguna manera, logré mover esa puerta de metal pesado y salté fuera.

Esta pesadilla se repitió tres veces en el mismo sueño.

Una y otra vez, estaba peleando y gritando en ese horrible ascensor. Estaba tan agotada y no tenía ninguna fuerza.

Mi sueño no había terminado.

Volví al mismo edificio y volví a ver la puerta del ascensor, pero esta vez, a mi derecha, noté muchas escaleras. No las había visto antes. Las escaleras estaban llenas de la luz divina mezclada con oro y plata. Parecía una niebla gloriosa e increíble, hermosa y única. No podía apartar mis ojos de esa impresionante imagen.

Entonces el sueño terminó.

Cuando desperté, supe que era de Dios. Cómo supe era un misterio para mí. No tenía ni idea de cómo se implantó el conocimiento en mí, pero no solo sabía que este sueño era de Dios, sino que sabía el significado exacto de él.

El ascensor era mi vida, una pesadilla aterradora, sucia y

apestosa, llena de estrés, oscuridad y miedo. Parecía una manera fácil: solo presionaba el botón y el ascensor subía y bajaba. En este mundo, nos gusta tener todo rápido e instantáneo.

Las escaleras con la luz divina significaban una vida diferente. Subir las escaleras es más difícil. Se necesita más tiempo y fuerza, pero es una manera maravillosa llena de luz y paz divina.

Cuando me desperté por la mañana, todavía podía sentir el estrés de la pesadilla. Agotada de luchar toda la noche en este horrible ascensor, todavía estaba envuelta en las emociones de todo eso. En mi persona interior, hablé con Dios: "Por favor, no me dejes volver a este ascensor otra vez. Elijo esas escaleras con la luz increíble".

Fue un milagro. Nadie tenía que probármelo. No pude negar lo sucedido. No vi a Dios, pero escuché su voz hablando a mi persona interior.

No le conté a nadie sobre el sueño. No creía que Sam me entendiera. Probablemente se reiría de mí y pensaría que me estaba volviendo loca, así que guardé esto como mi secreto.

15
FINALMENTE DEJANDO A ITALIA

Había pasado casi un año desde que llegamos a Italia.

En sus sermones, al pastor Joel le gustaba decir: "Dios tiene un plan para ti. Estás atrapado aquí por Sus buenos propósitos en tu vida, por lo que no es casualidad que estés aquí hoy".

No me gustó esta explicación. Estaba harta de este tipo de vida y quería saber qué me iba a pasar. Mi propio plan era mucho mejor: ya yo habría estado en América construyendo mi nueva carrera, ayudando a mis padres y no habría estado viviendo como refugiado sin ningún derecho, sin dinero, tratando constantemente de sobrevivir. Sentí que estaba perdiendo el tiempo. Este plan de estar estancado en Italia simplemente no me funcionó bien.

Solo muchos años después pude comprender lo que me había sucedido en Italia. Alabé a Dios por ese momento difícil pero maravilloso cuando trabajó en mi vida, cambiándome y acercándome más hacia Él.

El pastor Joel y Caroline nos tomaron fotos y las pusieron en revistas cristianas. Pidieron a las estaciones de radios cristianas en América del Norte que transmitieran
sobre nuestra situación y que explicaran que necesitábamos patrocinadores.

Poco antes del primer aniversario de nuestra llegada a Italia, el pastor Joel y su esposa Caroline se acercaron a nosotros y nos dijeron: "Vita, Sam, Julia, tenemos una gran noticia para ustedes. ¡Felicidades! Van a ir a Canadá. Hay algunos creyentes cristianos que han decidido patrocinar a su familia".

"¿Qué? ¿De verdad? "No podía creerlo".

"Usted van a Vancouver, Columbia Británica", anunció el pastor Joel con una gran y encantadora sonrisa.

Estaba tan emocionada y comencé a investigar todo sobre Vancouver y el área. "¿Quiénes son esas personas? ¿Por qué decidieron firmar nuestros papeles y llevarnos a su casa? Deben ser muy ricos, incluso millonarios". Recordé algunas películas donde las personas vivían en grandes palacios y tenían lagos y fuentes en sus propiedades.

Mi imaginación fue más y más allá, dibujando imágenes de una prestigiosa vida de lujo, llena de belleza y diversiones.

16
EN CANADA

Unos meses más tarde, llegamos a Vancouver, donde conocimos a esta preciosa familia. Me sorprendió que no estuvieran elegantemente vestidos, como yo esperaba. ¿Por qué no vinieron a encontrarnos en una limusina, sino que condujeron un viejo Chevrolet? Su casa tampoco era impresionante: no había enormes pasillos y hermosas columnas cubiertas de oro, ni lagos ni fuentes. Vivían en el campo, a unos cuarenta y cinco minutos de Vancouver, en una zona tranquila con muchos árboles y grandes campos de hierba. No eran particularmente ricos, solo una pareja promedio con tres hijos.

"Encantado de conocerte, Vita", dijo Sherlyn y abrió los brazos para abrazarme. "Estamos muy felices de conocerte. Este es mi esposo Joe". Extendió la mano para saludar y dijo: "Bienvenidos a Canadá y bienvenidos a nuestra familia. Espero que hayan tenido un buen vuelo. Deben estar cansados."

"Estamos encantados de conocerle también. Estamos bien, gracias."

Yo era tímida y no sabía cómo comportarme. Julia se quedó dormida en el coche. Sam habló con Joe sobre las oportunidades de trabajo. Joe y Sharlyn nos dieron un lugar para vivir en su casa; todo el sótano renovado con un dormitorio y una sala grande de estar, todo era para nuestro uso. Ayudaron en todo, y cuidaron de nosotros como si fuéramos sus hijos. Me sorprendió su amabilidad y hospitalidad.

Simplemente explicaron: "Creemos en la Biblia. Cuando escuchamos en la radio cristiana que los judíos estaban atrapados en Italia sin ninguna esperanza, sentimos que Dios quería que ayudáramos al menos a una familia. Solo queríamos obedecerle y seguir Su Palabra".

No nos predicaron ni trataron de persuadirnos a creer en Dios, pero sus vidas (las observé muy de cerca, estando en la misma casa con ellos durante un año) hablaron en voz alta hasta en mi corazón. Joe ayudó a Sam a conseguir un trabajo en una compañía de techos. No había trabajos disponibles para mí, así que me sentía inútil, pero podía pasar más tiempo con Julia, que había comenzado a ir a la escuela. Ella era una chica muy inteligente. Aprendió inglés inmediatamente y, después de unos pocos meses, ya podía leer y escribir en inglés. Ella estaba feliz de tener una nueva amiga en la casa. La hija de Joe y Sharlyn, Tamara, era solo unos años mayor que Julia. Se hicieron muy buenas amigas y pasaron mucho tiempo jugando juntas en la habitación de Tamara.

En Canadá, conocimos a otros creyentes que amaban a Israel. Aunque no eran judíos, celebraban todas las fiestas judías. Incluso ayunaban en Yom Kippur. Aprendí de ellos sobre las costumbres y tradiciones judías y cómo ser judío. Esos creyentes gentiles realmente me provocaron a celos, ya que tenían algo que me pertenecía, pero que yo no tenía. ¡Su amor por Israel fue más allá de lo que había experimentado y en un año, su amor me "infectó"!

Todos nosotros obtuvimos el estatus de "inmigrante nuevo" y recibimos permiso para trabajar, pero para poder obtener un trabajo decente necesitaba estudiar. Mi diploma ruso no fue aceptado porque la economía y el comercio que aprendí en la Rusia comunista era absolutamente diferente y complicado para cualquier sistema de un país libre.

Intenté inscribirme en un curso de contabilidad, pero no aprobé el examen, principalmente porque no entendía las tareas. Usaban diferentes símbolos, así que cuando se requería multiplicación hacía lo opuesto y la dividía. Mi inglés no era lo suficientemente bueno, por lo que el gobierno canadiense me envió a clases de inglés gratuitas dos veces por semana en la Universidad de Fraser Valley.

Quería ganar algo de dinero. No podíamos vivir en la casa de Joe y Sharlyn para siempre. Tuve que empezar de nuevo desde abajo, aceptando cualquier trabajo disponible.

Cuando llegamos a Canadá, Sam y yo nos encontramos con una situación que nunca antes habíamos experimentado.

EL DESTINO

Estábamos solos, solo él y yo, sin amigos u otros miembros de la familia que nos rodeaban. Es casi como estar con una persona en una isla desierta. Tuvimos que lidiar con algo nuevo.

Los fines de semana, a veces nos juntábamos para cenar con un par de amigos que conocimos en Italia y que también venían a vivir a Columbia Británica. Siempre había un montón de vodka y otras bebidas alcohólicas en la mesa. Sam solía beber mucho. A la gente le encantaba tenerlo en su compañía porque tenía un gran sentido del humor y entretenía a todo el mundo. Nunca me importó tener un artista, pero me hubiera gustado que no hubiera sido mi marido el que era el payaso del grupo.

Por lo general, después de esas fiestas de fin de semana, yo ofrecía conducir a casa, ya que no estaba borracha. Podía beber un vaso de vino, pero no más de eso. Sam insistía en conducir y no estaba de acuerdo en que yo ayudara. Siempre fue tan estresante y aterrador, ya que el no entendía lo que estaba haciendo. Alabado sea Dios, puesto que era muy tarde y por eso no había muchos vehículos en la carretera esa noche, cuando de pronto nos encontramos en el lado equivocado de la carretera frente al tráfico que se aproximaba. Recuerdo gritar en voz alta,

"Sam, ¿a dónde vas? ¡Estamos en el lado equivocado!

"Por favor, para y déjame manejar". Giró el auto y lo movió al carril derecho, pero no me dejó conducir. Julia se despertó debido a mis gritos, así que traté de calmarla.

Mi relación con Sam era peor que nunca. Me sentía vacía y desolada. La transición de Rusia, donde tenía a todos mis amigos y conocía todos los rincones de la ciudad, a Italia había sido difícil. Había sido difícil sobrevivir, pero al menos en Italia todavía teníamos muchos amigos y la vida ebullía sin dejarnos tiempo para aburrirnos. En Canadá, aun teniendo todos los derechos, estaba sin trabajo y nada me funcionó. No encajé en ningún lado.

Nunca había sido una mujer de la casa, que se pasaba todo el día preparándose para cuando su esposo regresara. Desde el primer día en Canadá me sentí sola. Sam trabajaba largas horas. Llegaba tarde a casa y por lo general muy cansado.

Parecía que Julia era la única que realmente me necesitaba. Fue increíble lo rápido y fácil que se estaba adaptando, aprendiendo el nuevo idioma y haciendo nuevos amigos. Julia, tan linda, preciosa y amorosa, era mi única delicia, pero tampoco estaba todo el tiempo.

La mayor parte del día estaba en la escuela, y después de la escuela a menudo jugaba con Tamara arriba o iba a la casa de sus amigas.

Me sentí como si estuviera en prisión en esta casa tranquila con una hermosa vista del bosque. Como mujer de ciudad, sentí que estaba en el lugar equivocado. Extrañaba las comunicaciones y la locura de la vida, las fiestas y el entretenimiento. También extrañaba a mi mamá y a mi papá.

Sam planeaba traer a sus padres a Canadá para que vivieran con nosotros. Yo no estaba contenta con esta idea. Su mamá y su papá eran muy buenas personas y siempre nos llevábamos muy bien, pero nunca quise convivir con ninguno de nuestros padres, ni con los de Sam ni con los míos.

"¿Qué tal si traemos a mis padres aquí?" Le pregunté a Sam.

"Ellos se pueden mudar a Israel y los visitamos de vez en cuando", él respondió.

"Es injusto". Sentí que Sam no estaba interesado en traer a mi mamá y a mi papá.

Pasé muchos días en el sótano, leyendo el periódico, tratando de encontrar trabajo. A veces, Sharlyn y yo salíamos juntas para comprar algunos comestibles. Sharlyn era una mujer muy amable y de espíritu tranquilo, que trabajaba en casa todo el día, cocinaba para nosotros y para su familia, limpiaba y lavaba la ropa. A menudo necesitaba recoger a niños de diferentes clases, por lo que estaba ocupada conduciendo de un lugar a otro.

Yo era la única en la casa que parecía inútil. El clima era tan sombrío en esta parte de la Columbia Británica. La lluvia no paró por un mes entero. Necesitaba sol, pensé que iba a morir.

Finalmente, encontré un trabajo en un restaurante chino donde trabajé como cantante y camarera al mismo tiempo. Era un lugar de karaoke. Me encantó, ya que fue un reto para mí aprender y cantar nuevas canciones en inglés. Incluso canté algunas canciones en ruso y a la gente les encantaron, pero después de unos meses me despidieron. Parecía que no era lo suficientemente buena como para cantar y servir al mismo tiempo.

En 1990, más de un millón de judíos hicieron aliá (inmigración) de la URSS a Israel. Mis padres estaban entre ellos. Yo estaba tan feliz de que estaban fuera de Rusia.

Quería guardar algo de dinero para ir a ver a mi mamá y a mi papá en Israel. Este era mi objetivo y tenía que hacer todo lo posible para que esto sucediera. Conseguí un trabajo limpiando cuartos en el Best Western Hotel. Lo odiaba, ya que sentía que estaba raspando el fondo del tazón de nuevo. Lo llamamos "beber una taza de desperdicio y amargura".

Después de casi un año, se arregló todo para que los padres de Sam se mudaran de Rusia a Canadá. Al mismo tiempo, finalmente había ahorrado algo de dinero de mi trabajo en el hotel y compré un boleto para Israel, que en ese momento era inusualmente barato.

17
VISITANDO ISRAEL

Cuando finalmente fui a Israel en enero de 1991 para visitar a mis padres, estaba tan emocionada. Mis ojos se llenaron de lágrimas en el aeropuerto cuando vi banderas israelíes y niños lindos con pe'ot (un mechón de cabello a los lados de sus cabezas). Algo en mi había cambiado. ¿Por qué sentí esta calidez en mi corazón hacia Israel? No fue hasta muchos años después que comencé a comprender que Dios dirigió mi corazón hacia Israel y me plantó un gran amor por mi antigua patria.

Mis padres alquilaron un apartamento muy chico en una pequeña ciudad, Yokneam, a quince minutos de Haifa. La pintura blanca en las paredes del apartamento se había vuelto gris. Todo parecía tan viejo. Había muchas grietas grandes y profundas en el techo. Cuando llovía, el agua corría por el techo en algunos lugares. Mis padres tenían que poner cubos por todas partes para recoger el agua. El lugar no parecía adecuado para vivir. Necesitaba reparaciones en todas partes. Estaba triste de ver todo esto.

"¿Por qué elegiste vivir aquí en esta pequeña ciudad?", le pregunté a mis padres.

"No teníamos nada más. Tuvimos la suerte de que tus amigos, Lena y León, nos hayan ayudado ", respondieron.

"¿Dónde te quedaste cuando viniste a Israel?"

"Nos quedamos una semana en la casa de Lena y León hasta que nos ayudaron a encontrar este apartamento. Estábamos felices, ya que no era tan caro ", dijo mamá.

"¿Cuántas pagas por este lugar?"

"Sólo pagamos doscientos shekels. Es muy barato."

" Sí, lo es. Ojalá se viera mejor o al menos no se filtrara

agua por todas partes. "Dije y pensé, si estuviera aquí, no vivirían en estas condiciones horribles'.

Tomé un libro de la estantería y fingí que estaba mirando algo. No quería que mi mamá notara que mis ojos se llenaron de lágrimas. Ya sabía lo difícil que era mudarse a un nuevo país. Deseaba poder estar con ellos y ayudar con todo.

Apenas unos días después de mi llegada, comenzó la Guerra del Golfo. No seguí las noticias y no sabía que la amenaza de Irak era tan real. Como muchos de nosotros pensamos, pensé que nada podía pasarme. Sólo entonces me di cuenta de por qué los boletos a Israel eran tan baratos y el avión medio vacío. Tuvimos que conseguir con urgencia máscaras antigás, ya que el gobierno israelí no estaba seguro de si Saddam Hussein, el dictador iraquí, usaría armas químicas. Aunque solo era una turista, también me dieron una máscara. Tuve que devolverla cuando salí del país.

Esto no fue una guerra justa, de un ejército contra un ejército. En esta guerra, los civiles inocentes fueron el objetivo (el blanco). Irak envió misiles a las áreas altamente pobladas. Treinta y nueve misiles Scud iraquíes aterrizaron en Tel Aviv y Haifa. Más de tres mil departamentos y otros edificios fueron afectados. Según el periódico Jerusalem Post, un total de setenta y cuatro personas murieron como consecuencia de los ataques de Scud. Dos murieron en ataque directo, cuatro de asfixia en máscaras de gas y el resto de los ataques al corazón.

Cuando las sirenas sonaban, mis padres estaban en un pánico terrible. Yo también estaba asustada y muy preocupada por mi mamá y mi papá. ¡Traté de ayudar a mi padre! Primero, porque él ni siquiera podía ponerse la máscara. Desde que era un niño los nervios de su mano derecha estaban dañados, debido a una encefalitis causada por la picadura de un escarabajo.

Mi mamá estaba extremadamente preocupada por mí. "Vita, por favor ponte tu máscara. Vita, será mejor que vuelvas a Canadá de inmediato".

"Mamá, por favor, no voy a ninguna parte".

Día y noche nos sentamos cerca de la radio escuchando las actualizaciones sobre los misiles. La radio rusa no transmitía durante el día, así que intenté captar algunas estaciones en inglés para entender lo que estaba pasando.

Les conté a mis padres sobre mi vida en Canadá.

"Mamá, papá, no puedo ajustarme al estilo de vida en Canadá. No me gusta estar allí".

"¿Qué pasa con Sam?" Mi madre preguntó. "¿Él siente lo mismo?"

Tuve que compartir con mis padres que Sam y yo no estábamos en buenos términos. "No creo que vamos a seguir juntos".

"¿Qué pasó?" Mi papá preguntó con preocupación en sus ojos.

"Nada. Literalmente nada. Simplemente no tenemos nada en común. Nada de qué hablar."

"¿Qué pasa con Julia?" Mi papá preguntó.

"Ella está haciendo muy bien. Ella es ocho, muy inteligente como siempre lo fue. Ella habla inglés sin ningún acento. Estarías tan orgulloso de ella. Ella preguntó por ti y quiso venir conmigo a verte. Me alegro de no haberla traído. Esto no hubiera sido una buena experiencia para ella estar aquí durante la guerra".

"Sí, eso es correcto". Mi mamá suspiró.

Fue un mes muy difícil para todo el pueblo en Israel. Las sirenas sonaban día y noche.

Después de un mes volé de regreso a Canadá. La guerra seguía en marcha. Deseaba poder quedarme más tiempo, pero tuve que regresar por Julia. Necesitaba saber qué tenía que hacer con mi vida.

Todavía no era un creyente en Yeshua (Jesús) y todavía era una gran pecadora. Descontenta e inquieta por dentro, yo era egoísta y arrogante. Decidí emigrar a Israel y reunirme con mis padres, pero no estaba seguro de cómo hacer que esto sucediera.

Le dije a Sam que lo estaba dejando. Para mi sorpresa, tenía poco que decir. Simplemente dijo: "Ojalá hubiera sabido eso, ya que tenía una persona con quien hubiera podido construir mi vida".

Esto seguramente me ayudó a darme cuenta de que esta relación había terminado. Esperaba que él dijera algo como: "Vita, te necesito. Por favor no me dejes Vamos a tratar de arreglarnos. Vayamos por consejería y salvemos nuestro matrimonio".

Le dije a Sam que quería llevar a Julia conmigo a Israel.

Nunca me iría sin ella y él lo sabía.

Sam quería mucho a Julia, pero rara vez jugaban juntos. No vi ninguna expresión de su amor hacia Julia. En mi opinión, no tenían una conexión fuerte.

Juzgué según mis propias normas, teniendo mis propias ideas de cómo debería expresarse el amor. No sabía nada sobre el amor y no podía comprender cuánto dolor le causé a mi propia hija al desconectarla de su padre. Era tan egoísta y ciega que no me di cuenta de que Julia dolería y soportaría este dolor durante toda su vida, puesto que este tipo de herida no se cura fácilmente.

Sam dijo que firmaría el consentimiento para que Julia fuera conmigo a Israel si estaba de acuerdo con todas las condiciones del acuerdo de divorcio. Aprobé todas las condiciones, así que me dejó llevar a Julia.

Cuando regresé de Israel a Canadá, me quedé con Joe y Sharlyn por un tiempo, pero después de unas semanas, alquilé una habitación y comencé a buscar trabajo nuevamente. Sam también se mudó de Joe y Sharlyn. En Canadá, la ley exigía que las parejas vivieran en hogares diferentes cuando se planteaban el divorcio.

Mi arrendador tenía un negocio de destripar autos viejos. Su propiedad estaba llena de vehículos diferentes y él generosamente me dio uno para conducir. De nuevo pobre, tuve que sobrevivir con muy poco dinero. Traté de cuidar a niños. Julia se quedaba en la casa de Sam la mayor parte del tiempo con sus abuelos. Era importante para ella pasar tiempo con ellos y con su padre antes de que nos fuéramos. Eso me proporcionaba poder trabajar por aquí y por allá.

Finalmente, encontré un trabajo de tiempo completo en una apestosa granja de hongos donde recogía setas durante ocho horas al día. Esto fue una pesadilla. Mientras recogía esos hongos, nuestros peores momentos en Italia me parecían un paraíso. Cuando volvía a casa del trabajo, cerraba los ojos y trataba de relajarme, pero todo lo que podía ver en mi mente eran los hongos, los hongos, los hongos, no había fin a los campos de hongos. No pude deshacerme de esa visión. Incluso cuando había dejado este trabajo, todavía tenía esas visiones que me enloquecían. "¿Alguna vez mi vida se volverá normal?", Me pregunté. "¿Cuánto 'desperdicio' y amargura tendré que atravesar?"

Mi arrendador necesitaba algo de ayuda con su negocio, así que me pagó un poco por escribir y arreglar algunos papeles, pero fue como una gota en el océano. No pude ahorrar suficiente dinero para los boletos a Israel para Julia y para mí. Odiaba preguntarle a mi mamá y a mi papá, pero no tenía a nadie más que me ayudara. Me enviaron dos mil dólares de sus ahorros. Compré dos boletos a Israel para el 15 de agosto de 1991.

Antes de irme, fui a visitar a Joe y Sharlyn para despedirme. Sabía que estaban muy tristes por nuestro divorcio. Les prometí que me mantendría en contacto y les dije que nunca olvidaría lo que habían hecho por nosotros.

Fue un momento desgarrador cuando fui a recoger a Julia de la casa de Sam. Solo sentí un estímulo en mí: de alguna manera todo funcionará. Mi corazón estaba llorando, aunque intenté seguir sonriendo y hablando como si todo fuera normal. Finalmente tomé la mano de Julia y salimos. Mi amiga Betty nos llevó al aeropuerto.

El divorcio siempre es algo muy doloroso. Aunque pesaba mucho en mi corazón, pensar en Israel y ver a mis padres nuevamente me dio shalom (paz). En algún lugar profundo de mi interior, sabía que Israel era el lugar correcto para mí.

Llegamos a Israel como turistas de Canadá y solicitamos la aliá (inmigración). No recibí ningún beneficio en absoluto. Me consideraban rica porque venía de un país rico. En el pensamiento materialista del mundo, yo era una gran perdedora, pero, en realidad, era una ganadora. Conseguí un trato mejor: Dios mismo plantó una semilla en mi corazón durante mi tiempo difícil en Italia. Esta pequeña semilla creció lentamente y, en el futuro, haría un cambio increíble en mi vida.

Mi vida gitana finalmente había llegado a su fin. Yo era una judía establecida en la tierra de Israel, el mejor lugar del mundo, donde, por fin pertenecía y me sentía en casa

18
UNA TAZA DE DESPERDICIO AMARGURA

MUDARSE A ISRAEL no fue un ajuste fácil para mis padres. No pudieron conseguir empleos decentes. A pesar de que tenían las habilidades adecuadas, el lenguaje seguía siendo una gran barrera. Mi mamá trabajaba como costurera para una pequeña empresa familiar. Le pagaban menos del salario mínimo. Mi papá tuvo que tomar una escoba y ser barrendero. Mi corazón se rompió al ver a mis padres en estos arduos trabajos, pero cualquiera que haya tenido que emigrar a otro país generalmente ha tenido que tragar su parte de desperdicio y amargura.

Después de un tiempo, a mi padre ya no le daba vergüenza su pequeño trabajo, sino que lo aceptó y estaba feliz de ganar algo de dinero.

Siempre trató de ocultar su mano dañada, pero se notaba de todos modos. A pesar de todos sus esfuerzos, no pudo hacer el trabajo lo suficientemente rápido. El problema de su mano hizo que lo despidieran a los pocos meses. Más tarde, mi padre recibió una discapacidad del 100 por ciento del gobierno israelí, lo que le ayudó a sobrevivir.

Poco después de nuestra llegada, Julia comenzó a ir a la escuela. Estaba tan preocupada de que ella tuviera que aprender de nuevo otro idioma. En sus ocho años de vida había pasado por tantos cambios. Ella fue una sobreviviente, incluso más que yo. Julia aprendió el hebreo tan rápido que me llené de alegría al verla adaptarse tan bien. Ella amaba a su nueva escuela. En Israel, especialmente en una pequeña ciudad como Yokneam, prestaban especial atención a los nuevos inmigrantes y los ayudaban a absorber y adaptarse a la nueva vida lo más rápido y fácilmente posible.

Al principio, Julia y yo vivíamos junto con mis padres en su apartamento destartalado. Durante los meses cálidos del año, pudimos disfrutar del techo del edificio, ya que estaba directamente conectado al apartamento. Teníamos algunas sillas y una mesita allí. Siempre fue ventoso y agradable en el techo. Este techo era como una sala de estar para nosotros en el horario de verano, pero no podíamos vivir en esas condiciones durante mucho tiempo. Era demasiado pequeño para los cuatro.

Durante los primeros meses vivimos con el dinero de mis padres, porque no tenía nada en el bolsillo. Esperaba recibir alguna ayuda del gobierno, pero no la tuve. Tenía que encontrar un trabajo. Pero, "¿Cómo puedo trabajar sin saber nada de hebreo?" me pregunté.

Después de mi "escuela de la vida" en Italia, no tenía temor de nada. Necesitaba encontrar una solución. Tenía que hacerlo. Les preguntaba a las personas en inglés si sabían dónde contrataban a alguien. Había un pequeño restaurante en el barrio muy cerca de nuestro apartamento. Entré y le pregunté a un joven en el mostrador si hablaba inglés.

"Sí, hablo inglés", sonrió. "No te he visto antes, ¿estás de visita aquí?"

"No, ahora estamos viviendo aquí".

"¿Ola hadas ha? ¿Eres un nuevo inmigrante? "Sí, vine de Canadá, pero nací en Rusia. Quizás conoces a mis padres, Paulina y Albert. Ellos han estado viviendo aquí por más de un año".

"Seguramente, los conozco. Viven en ese edificio de allí."— Señaló con el dedo hacia nuestra casa.

"Sí exactamente."

"¿Cómo te llamas?"

"¿Soy Vita y tú?"

"Mi nombre es Omer".

"¿Quién es el gerente de este restaurante?"

"Soy el gerente y también el dueño".

"Oh, en serio". Sonreí.

Julia me vio desde el techo y bajó. "Mamá, ¿puedo tomar un helado, por favor?", me preguntó en ruso.

"No tengo dinero conmigo. Te compraré uno un poco más

EL DESTINO

tarde."
No me di cuenta de que Omer sabía algo de ruso. Él abrió su gran nevera y le dijo a Julia en inglés: "¿Qué helado te gustaría? Ven aquí y elige uno".
Julia sonrió y me miró para ver si estaba de acuerdo con que ella tomara un helado de Omer. Asentí.
"Muchas gracias, Omer." También sonreí.
Julia tomó su helado y volvió al apartamento.
"Omer", dije un poco nerviosa, "Estoy buscando un trabajo. Quizás necesites ayuda aquí en tu restaurante".
"En realidad, necesito una camarera, pero necesito a alguien que sepa bien el hebreo".
"Por favor dame una oportunidad. Verás que puedo hacerlo. Aprenderé muy rápido". No me rendí.
"¿Trabajarías solo por las propinas?" Preguntó Omer, sin esperar una respuesta positiva.
"Sí, lo haría. Muchas gracias. Puedo comenzar mañana " Omer sonrió." Bueno, ven mañana a las 4:00 p.m. "
" ¡Genial, Toda raba! "(Muchas gracias).
Al día siguiente, llegué al restaurante a las 4:00 p.m. Con un pequeño cuaderno donde escribí unas palabras que ya sabía. Sólo había dos clientes. Ya tenían comida en sus mesas.
"Shalom, Omer." Sonreí.
"Shalom, Vita, ¿cómo estás?"
"Estoy emocionada". Traté de alentar a Omer ya mí mismo.
"Genial. La gente suele venir alrededor de las 6:00 p.m. yo quiero mostrarte alrededor antes de que vengan".
Me llevó a la cocina y me mostró dónde guardaban bebidas y bocadillos.
"Primero debes preguntar a la gente si quieren algo de beber".
Le dije a Omer en hebreo: "Ma ata rotze lishtot? "(¿Qué te gustaría beber?) Intenté aprender esta frase todo el día.
"GuauGuau, lo dijiste muy bien!" Omer parecía contento.
Así fue como empecé a trabajar. Cuando los clientes vinieron al restaurante, pregunté primero si sabían inglés. La gente usualmente ama hablar inglés en Israel, especialmente con una mujer joven y bonita. Yo siempre sonreía y era muy amable. Si la gente sabía inglés, era realmente fácil. Si no lo sabían, les pregunté en hebreo: "¿Qué te gustaría beber?"

Sabía que la palabra agua en hebreo es ma-yeem y la palabra cerveza en hebreo se pronuncia igual que en inglés.

Cuando alguien dijo que quería "mits esh-ko-lee-yot", no tenía idea de lo que significaba. Inmediatamente escribía la nueva palabra en mi libreta y le decía al cliente, "Rak re-ga", que significa "Un momento" y corría a Omer. "Omer, que significa mits esh-ko-lee-yot mean?"
"Es jugo de toronja."
"Oka, gracias."
Agarré el jugo y se lo llevé al cliente. La próxima vez, ya sabía lo que significaba si alguien pedía en hebreo mits esh-ko-lee-yot.

Así fue como aprendí mientras trabajaba y servía al público.

A veces no pronunciaba algo correctamente y la gente se reía de mí, pero no me importaba. Me reía con ellos. Yo les gustaba a los clientes me daban buenas propinas. Muchos visitantes sabían que yo era ola hadas ha (un nuevo inmigrante) y querían ayudar.

19
ERAN

Trabajando en el restaurante conocí a Eran, que era uno de los clientes habituales. Él venía al restaurante todas las noches y bebía cerveza y me miraba en adoración. Siempre me dio muy buenos consejos y lo aprecié. Se ofreció a enseñarme hebreo.

"A mis padres también les gustaría aprender hebreo. ¿Te importaría dar lecciones a varias personas a la vez?", Pregunté.

"Estaría encantado. Puedo ir a tu casa. Sé dónde vives y he conocido a tus padres".

"Oh en serio. Suena genial". Hablábamos en parte en inglés, en parte en hebreo, en parte en lenguaje corporal y gestos.

Cuando Eran vino a nuestra casa, se sorprendió por la horrible condición de nuestro apartamento. La próxima vez que vino, trajo consigo una caja de herramientas y comenzó a reparar los enormes agujeros en las paredes. Mi mamá y mi papá estaban muy felices y no sabían cómo agradecerle.

"Eran, ¿puedes hacer una estantería para mí?", Mi padre le preguntó a Eran con su hebreo roto.

Eran estaba feliz de hacer lo que quisieran, solo para estar cerca de mí. Entonces, un día dijo que me amaba y quería ser mi novio. Me quedé estupefacta. No tenía ningún sentimiento en mi corazón hacia él. Lo honré y lo aprecié como un buen amigo.

Pensé que fui muy clara cuando le dije directamente: "Tú no eres para mí". Por favor, no vuelvas".

"Vita, no puedo no venir. Simplemente no puedo".

No podía prohibirle que viniera al restaurante, por lo que todavía se aparecía todas las noches.

Eran tenía un auto y nosotros no, así que siempre se ofrecía a llevarnos. Sentía que no podía escaparme de él. Era una persona maravillosa, pero simplemente no me atraía en absoluto.

Después de estar en Israel menos de un año, algunos de nuestros conocidos me contaron que Sam, el padre de Julia, se había casado con una de nuestras amigas mutuas con quien tenía una relación mientras aún vivíamos en Rusia. No sabía por qué, pero mi corazón se hundió cuando descubrí que él se había casado. Tal vez en lo más profundo de mi corazón todavía pensé que de alguna manera algún día volveríamos a estar juntos...

En 1992, nos mudamos a Bat Yam, que es un suburbio de Tel Aviv. Eran nos ayudó a cambiar nuestras pertenencias y organizar todo en nuestro nuevo apartamento. Eso fue un gran cambio. Tenía mi propio cuarto y Julia tenía un pequeño rincón para ella, sus juguetes y sus libros. Estaba a solo diez minutos del mar Mediterráneo, un lugar increíble.

Estaba segura de que al estar tan lejos, a unas dos horas de viaje, Eran ya no podría perseguirme, pero estaba equivocada. Todos los fines de semana y, a veces, incluso a mediados de la semana, aparecía con flores y con una gran bolsa de comida y con algunos regalos para Julia. Una vez más, él estaba ayudando con todo y me llevaba a cenar. Él simplemente nunca me dejó ir. Su amor ganó. Después de unos meses, ya no se veía tan mal a mis ojos. Me acostumbré a él y nos mudamos juntos a un pequeño apartamento en el mismo vecindario que mis padres para poder visitarlos con frecuencia y ayudarles si era necesario.

Todavía vivía un estilo de vida impío: mentía, juraba y amaba los tesoros de este mundo.

Vivía con un hombre sin estar casada con él, cuando una noche, de nuevo tuve el mismo sueño, la pesadilla sobre el terrible ascensor. Sabía que esta era otra advertencia. Dios no estaba contento conmigo, mostrándome que estaba en mi oscuridad de nuevo.

Quedé embarazada y luego nos casamos. Julia estaba tan feliz de tener un bebé en casa. A ella le gustaba cuidar de Yosef, su hermanito, pero a veces estaba un poco celosa y exigía más atención.

Todos los veranos Julia iba a visitar a su papá en Canadá. Estuve muy agradecida con Sam por comprarle los boletos y arreglar todo para el viaje seguro de Julia de ida y vuelta. Durante los siguientes cuatro años, fui hacia atrás y hacia adelante entre Dios y el mundo. Quería ser piadosa y, sin embargo, todavía no estaba lista para entregarle a En todos los aspectos de mi vida.

No podía escapar de Dios. Me sentía como si estuviera en la olla donde estaban todos los creyentes, pero todavía no me había cocinado.

20
LA REVELACIÓN

Mi primer trabajo decente fue en una agencia de viajes, donde trabajé como secretaria después que aprendí mecanografía táctil en hebreo e inglés. Después de eso, durante muchos años trabajé en una compañía de mudanzas internacionales. Fue un trabajo muy dinámico e interesante. En 2004, ¡pasé al trabajo creativo en la producción de videos que disfruté mucho!

Ya no me importaba más ser judía, pero en Israel nos llamaban rusos, por lo que esto era confuso para mí. Quería ser rusa toda mi vida, pero me llamaban judía sucia. Cuando finalmente llegué a Israel y quería ser llamada judía, me llamaban rusa. Parecía tan injusto.

Le dije a mis amigos y familiares que los cristianos me habían ayudado a salir de Italia y que habían compartido conmigo que Yeshua de Nazaret era el Mesías judío. Mi esposo y mis amigos casi me gritaron: "¡De ninguna manera! ¡Si crees en Yeshua, ya no eres judía!"

Parecía que ser judía o no ser judía no era algo fácil para mí.

Yo ya creía en el Dios de Abraham, Isaac y Jacob, quien sacó a la nación de Israel de Egipto, les dio la Torá y los eligió para ser una nación de sacerdotes y luz para el mundo.

Creía que llegaría el día en que el Dios de Israel enviaría a Su Mesías para salvarnos a todos, pero debido a la presión de los compañeros, era difícil aceptar que Su nombre pudiera ser Yeshua (Jesús). Mis amigos judíos, mi esposo y todos a mi alrededor, me explicaron: "Nosotros los judíos no estamos supuestos ni siquiera a leer el Nuevo Pacto".

No me rendí, y decidí investigar sobre Jesús y probarme a

mí misma que Él no era el Mesías judío. Leí el Tanaj (el Antiguo Pacto), estudiando las Escrituras sobre el Mesías de Israel, con la esperanza de encontrar la evidencia en contra de Yeshua. Cuanto más investigué, más veía a Yeshua como el único al que correspondían todas las profecías sobre el Mesías en el Tanaj. Era como un rompecabezas y las piezas se estaban uniendo.

De algún modo, finalmente obtuve una revelación muy fuerte y no tuve dudas de que Yeshua era el Mesías judío, la Luz del mundo, el Pan de la vida y ¡el único camino! Me di cuenta de que estaba bien creer en Jesús y seguir siendo judía.

Llamé al pastor Joe y Caroline, que se habían mudado de Italia a Israel y seguían ministrando a los judíos rusos. "Quiero ser sumergida en las aguas. ¡Estoy lista! "Dije con voz alegre.

"¡Alabado sea el Señor! Vamos a planear algo en dos semanas más o menos. Puede haber algunos otros que quieran unirse".

"Por favor, pastor Joel, no puedo esperar". Estaba muy decidida, "me gustaría ser bautizada lo antes posible".

Se preguntó por mi impaciencia, y dijo: "Esperamos tanto este momento, Vita, ¡seis años y medio! ¡Aleluya!

El día del bautismo, en mayo de 1996, fue el día más asombroso de mi vida.

21
MI VIDA TRANSFORMADA AFECTÓ A MI FAMILIA

EL DIA DE MIKVEH, BAUTIZO El día del bautismo, en mayo de 1996, fue el día más asombroso de mi vida. Finalmente me rendí y ¡me convertí en una judía completa.! Decidí no retener nada, pero dárselo todo a Yeshua, quien murió por mis pecados. Estaba seguro de que quería seguirlo, morir en este mundo y vivir para él. El Pastor Joel y las otras personas que se bautizaron ese día se reunieron en la hermosa playa de Herzliya, una ciudad en el Mar Mediterráneo junto a Tel Aviv. Julia estaba conmigo e invité a mis padres y algunos amigos. Mi esposo Eran se negó a venir. Fue a principios de mayo. El clima estuvo frío. La gente llevaba abrigos y bufandas. Mi mamá estaba tan preocupada por mí. "Hay tantos días calurosos aquí en Israel, ¿por qué bautizarías en agua tan fría? ¿Por qué no esperar hasta el verano? Vita, puedes enfermarte."
"Mamá, por favor, no te preocupes, no tengo frío en absoluto".

Había recibido el fuego de Dios directamente en mi corazón y desde ese momento todavía está ardiendo dentro de mí. El día de mi bautizo fue el comienzo de mi nueva vida. Por un lado, los problemas y la resistencia de mi familia aumentaron enormemente, pero, por otro lado, el agua viva de las bendiciones celestiales se derramó sobre mí.

Quería estudiar más sobre Yeshua y estaba consumida por la Palabra de Dios y su amor perfecto. Traté de compartir con mi esposo Eran acerca de mis revelaciones, las buenas nuevas y las grandes promesas de Dios, pero todo esto lo hizo enojar más. Amé a Eran y oré para que Dios tocara su corazón y lo ayudara a ver a Yeshua como su Mesías y Salvador.

El valle entre nosotros creció. Eran se crio en una familia religiosa que seguía todas las tradiciones. Al igual que la mayoría de los judíos en Israel, el nombre de Jesús sonaba casi como una maldición para él. Alabé a Dios porque, al menos, Eran no me prohibió ir a la congregación y llevar a los niños conmigo.

La mayoría de mis amigos eran creyentes. Eran los odiaba. A veces, si la gente nos visitaba, él era muy grosero y ni siquiera les decía "shalom". No podía invitar a nadie a nuestra casa, ya que nunca supe en qué estado de ánimo estaría Eran. Esperaba de alguna manera ser un buen ejemplo para Eran, para que él viera el amor de Yeshua a través de mí. Traté de ser amable y sumisa, pero no era un creyente perfecto, experimentada y fuerte en Yeshua, llena de la sabiduría de Dios. Todavía luchaba con mi propia ira. Cuando Eran me humillaba, siendo abusivo en sus palabras, hablando cosas horribles sobre mi fe y Yeshua, a veces no podía soportarlo, ya que era muy doloroso.

Le supliqué que viniera a la congregación cuando Yosef estaba participando en una obra de Purim.

"No tienes que creer en nada", traté de explicarle. "Puedes venir por el bien de tu familia. Tu hijo está en la obra y quiere que estés allí para verlo". " No voy a ir. Mi pie nunca pisará ese lugar. Todo lo que haces y crees es blasfemia".

"¡No es una blasfemia!", dije con firmeza. Es la historia de Purim del Tanaj judío y tu hijo Yosef está desempeñando el papel principal en la obra. Él es Mardoqueo el judío. Es un excelente actor. El espera que vengas a verlo."

A veces sentía que vivía con un enemigo. Satanás usó a Eran para atacarme en una constante batalla espiritual. Incluso cuando no peleábamos, no teníamos nada de qué hablar. Los amigos de Eran, a quienes yo no podía soportar, fumaban, bebían y contaban chistes sucios. No me sentía cómoda en su compañía. Me encantaba compartir pensamientos e ideas, pero para Eran y para mí era mejor hablar lo menos posible. Teníamos diferentes criterios y opiniones sobre todo y fácilmente podíamos comenzar a discutir. Muchas personas incluso nos dijeron antes de casarnos que no coincidíamos, pero yo amaba a mi esposo y traté de pararme sobre las promesas de Dios, creyendo que un día todo cambiaría, y los ojos y el corazón de Eran se volverían hacia Yeshua. Fuimos a consejería matrimonial cuatro veces. Al menos los dos intentamos salvar nuestro matrimonio, equivocadamente confiados en que duraría a pesar de las diferencias en la mentalidad y en nuestras creencias, nuestra constante falta de dinero y otros obstáculos y crisis.Incluso esas "personas profesionales" no nos alentaron cuando nos dijeron: "Es solo por algún tipo de milagro que todavía estén juntos. No tienen denominadores comunes". Eran culpó a mi creencia en Yeshua por todos los problemas. A veces no deseaba regresar a casa, ya que el ambiente era tan desagradable, pesado y estresante. A menudo, Eran simplemente me ignoraba y no me hablaba durante días. Ya fuera por su culpa o por la mía, siempre era yo quien iba primero y le pedía disculpas y trataba de hacer las paces. Se volvió frío hacia mí. Viví con un extraño tratando de ser al menos un buen vecino. Anhelaba amor, palabras de afirmación, contacto físico y tiempo de calidad, pero no lo recibí de mi esposo. Mi fuerza y mi alegría vinieron del Señor.

PARTE 3
COMO CONOCI A MI BOAZ Y ACABÉ EN PECULIAR

EL DESTINO

22
GOZO EN MEDIO DE CRECIENTES PROBLEMAS

"¿Que está pasando? ¿Por qué estás tomando drogas por la mañana?

"Nunca he tomado drogas en mi vida", le respondí.

"Entonces, ¿por qué estás tan feliz todo el tiempo?"

Compartí con ella sobre mi fe en Yeshua y alabé a Dios por esta maravillosa oportunidad. Sí, estaba llena de alegría y la gente pensaba que era la persona más feliz del mundo sin ningún problema. Tuve problemas, pero en medio de ellos tuve alegría, porque Yeshua me dio el significado y el propósito de mi vida.

En nuestra congregación, tuvimos muchos eventos, y algunas grandes conferencias, pero siempre fui sola. Le pedía a Eran que viniera conmigo, pero él siempre se negaba.

Todos los miércoles comenzó a ir a un club de solteros, aunque le rogué: "Eran, por favor no vayas allí. Es tan doloroso para mí. ¿Por qué nunca quieres salir conmigo?" "" Te invito a que vengas conmigo al club de los solteros, así que verás que no estoy haciendo nada malo, solo tomando algunas cervezas con mis amigos "

"Eran, sabes que no puedo ir allí porque la gente fuma. Puedo enfermarme de eso. Pensé que los hombres casados no van a esos lugares".

Siguió vistiéndose, se puso la mejor camisa que compré para su cumpleaños y, en unos diez minutos, salió por la puerta. No sabía qué hacer. Percibí que me estaba mintiendo. Le oí hablar con una mujer por teléfono, pero cuando se dio cuenta de que lo estaba escuchando, fingió que le estaba hablando a un hombre.

En hebreo, no le hablamos lo mismo a una mujer como lo hacemos a un hombre. En inglés, cuando decimos "tú", puede ser un hombre o una mujer o un grupo de personas. En hebreo, es fácil de distinguir. No quería creer que me era infiel, pero después de no quedarse en casa durante algunas noches, mintiendo de nuevo que estaba en casa de Reuben o de otros amigos, me dije que era suficiente. Sentí en mi corazón que no podía confiar en Eran. Incluso si era doloroso, todavía quería saber la verdad sobre lo que estaba sucediendo.

Eran ya no era mi amigo, tampoco era un amante, ya que rara vez me mostraba afecto. Tampoco era un proveedor. Él había perdido su trabajo hace algún tiempo y, durante años, fui yo quien trabajó. Estaba sentado en su casa recibiendo un pequeño subsidio del ejército israelí debido a su lesión durante la guerra. Seguramente no era un Cohen (sacerdote) de la familia, como se supone que es un marido. Además de todo esto, salía con otras mujeres. Esto ya no era una familia ...

Hablé con mi mentor Fruma, un buen amigo de nuestra congregación que era un consejero profesional. Durante años, ella y su esposo Bob hicieron un trabajo increíble, aconsejando y asesorando a personas que tenían problemas dolorosos y que necesitaban buenos consejos bíblicos. Fruma sabía todo lo que estaba pasando en mi vida y, a menudo, me decía: "Vita, estás hecha de hierro. Yo me hubiera escapado hace mucho tiempo".

En noviembre de 2007, nos separamos. Eran se mudó mientras Yosef y yo nos quedamos en nuestro acogedor y pequeño apartamento en Bat Yam, una ciudad abarrotada de gente cerca del mar Mediterráneo. Mi hija Julia se había ido a los Estados Unidos para estudiar en una universidad en Seattle, Washington. Ella eligió esta universidad porque estaba a solo dos horas de la casa de su padre en la Columbia Británica, Canadá. Al menos ella no nos vio pasar por el divorcio. Incluso, aun cuando los niños han crecido, sigue siendo extremadamente doloroso.

Yosef solo tenía catorce años y medio. Nuestro divorcio le hizo mucho daño. Los adolescentes son difíciles de controlar y es imposible mantenerse al día con ellos. La vida de Yosef se centró en los deportes y sus amigos. No tenía más remedio que confiar en que Dios le daría a Yosef sabiduría, protección y lo guiaría en todo.

Incluso después de haber solicitado el divorcio, tenía la esperanza que Eran se diera la vuelta y cambiara su actitud. En su lugar, usó la Torá para excusar su comportamiento. Él me dijo: "Incluso en tu Biblia, los hombres tienen más de una esposa".

Me sentí herida y vacía. Parecía que la oscuridad se tragaba mis días. A veces, era más difícil que la muerte.

23
TOGETHERFOREVER.COM

Era el 2007, y mi padre estaba gravemente enfermo. Los médicos le diagnosticaron la tercera etapa del cáncer. Su tiempo en la tierra parecía estar desapareciendo cada vez más rápido. Divorciada, con niños, y en mis cuarenta años, sentí que era un completo desastre. ¿A dónde me llevaría la vida?

El domingo 12 de octubre de 2008 fue un día laboral regular en Israel. Mi mamá necesitaba hacer algunas diligencias, así que vine a cuidar a mi papá en su pequeño departamento subsidiado por el gobierno en Bat Yam en Beit Gil HaZahav, (Golden Age House.) El dulce olor de sir Niki, tortitas de queso ruso, que mi mamá preparó para mi papá y para mí llenó el apartamento. El calor del verano había dado paso a una brisa fresca que entraba por la ventana abierta junto con el sonido de las sirenas de las ambulancias, los autobuses y los automóviles. Con el centro comercial justo en frente del edificio, la calle siempre era ruidosa y abarrotada.

Si el ruido no venía de afuera, venía de abajo. La planta baja de la Golden Age House tenía oficinas y una gran sala de conciertos donde los residentes tenían entretenimiento y espacio para juegos de mesa. Mi papá disfrutaba jugando ajedrez y damas allí. Ese día, el coro de los residentes estaba practicando y deseé que todos estuvieran callados y dejaran descansar a mi papá.

No sabía si mi divorcio, la enfermedad de mi padre o el peso de todo eso era tan insoportable, pero anhelaba un cambio. Quería escapar y ver qué estaba pasando en el mundo que me rodeaba.

Rosa, una mujer corpulenta de ojos azules y pelo corto y oscuro, era amiga mía. Llevaba gafas gruesas de color rosa y, a diferencia de mí, tenía a alguien con quien hablar en casi todos los continentes. Ella sugirió que yo creara un perfil en TogetherForever.com.

¿Por qué no entretenerme? Quizás esto me ayude a olvidarme de mi realidad por unos momentos. Así que seguí el consejo de Rosa e hice un perfil con mis mejores fotos y un nombre elegido, Mataná, que significa "regalo" en hebreo. Descubrí que conversar con un completo desconocido en el otro lado del mundo, sin posibilidad de conocernos, me facilitó la audacia y la tranquilidad.

De vez en cuando miraba a mi padre, que dormía en la otra habitación. Lo ayudé a ir al baño y le pregunté si le gustaría comer algo de sir Niki. No tenía ningún apetito, pero accedió a comer uno y beber un poco de jugo de granada.

"¿Cómo te sientes, papy?" "Estoy bien, solamente cansado"

Su rostro estaba pálido. Había perdido tanto peso. Cuando lo abracé, pude sentir todos sus huesos. Volvió a la cama y me senté cerca de él por un rato. Me perdí en mis pensamientos sobre mis circunstancias y cómo podría ser rescatado de ellas. "Todas las cosas se arreglarán de alguna manera", constantemente me decía a mí misma.

24
NOCHE EN EL HOSPITAL

Ese día me fui a dormir tarde. En el medio de la noche, mi madre me llamó en pánico porque mi padre tenía dolor. Gracias a Dios, vivían cerca, por lo que llegamos al hospital casi en un momento. Después de la revisión de rutina de la condición de mi padre, le dieron alguna medicina. Se sintió mejor y a las 6:00 a.m. los llevé de regreso a la Golde House. Para las 7:00 a.m. ya estaba en el trabajo.

No sabía qué hacer con la situación de mi padre. Fue difícil tomar todas las decisiones sola. Mi mamá no podía cuidar de mi papá. Estaba tan asustada. Yo también estaba asustada, atormentando mi cerebro tratando de decidir cómo manejar todo esto. Deseaba que alguien me diera un consejo. Realmente necesitaba un amigo, alguien a quien realmente le importara.

Mi padre se estaba muriendo de cáncer. Los médicos no ofrecieron ninguna esperanza y dijeron que no viviría mucho más tiempo. Sin embargo, mamá y yo esperábamos un milagro. Deseaba tener una hermana o un hermano para no sentirme tan sola.

Todavía no había superado el dolor de mi divorcio, lidiando con todo lo que trajo. Incluso con amigos, me sentía perdida y sola en todas partes y todo el tiempo. Lo único bueno de estar solo era que nadie podía gritarme,

llamarme nombres y decirme que era basura y que no valía nada. Ya había pasado por ese dolor y humillación y esperaba no volver a pasar por eso otra vez. El dolor de mi alma me inundó en oleadas. Aunque me había curado y podía perdonar sinceramente sin ira, sentí tristeza cuando pensé en haber pasado mis mejores años con una persona que nunca me amó ni se preocupó por mí.

De vez en cuando conversaba con un hombre de los Estados Unidos, a quien había conocido en TogetherForever.com. Su nombre era Finnegan.

Desde sus fotos en TogetherForever.com, vi a un hombre fuerte, que sabía cómo manejar la vida y tomar decisiones. Yo tenía mis propios líos y no podía lidiar con los problemas de otra persona.

Podía sentir algo especial en Finnegan. Debajo de ese elegante traje y el cabello bien recortado, había un hombre en busca de aventuras, dispuesto a arriesgarse. Algo me atrajo. Sabía que había más en él de lo que podía ver a través de un sitio web de citas tontas.

Finnegan me dijo que se había divorciado y que el solo había criado a sus tres hijos. No conocía a ningún hombre que hubiera hecho eso. Compartí con Finnegan la situación de mi padre, ya que era lo único de lo que podía hablar. Él me envió algunas escrituras para animarme. Tal vez, Dios me había enviado un ángel para consolarme y hacerme sentir bien.

Le escribí sobre mi música y le envié algunas de mis canciones de mi último álbum que se produjo en 2007. Le encantó y me pidió que les enviara más enlaces a mis videos de YouTube.

Finnegan escribía todos los días. Sus correos electrónicos eran tan cariñosos y amables, demasiado buenos para ser verdad. A pesar de que parecía ser un hombre piadoso, todavía desconfiaba un poco, tratando de analizar y asegurarme de que no estaba tratando con algún tipo de estafador astuto.

25
FE EN DIOS

La condición de mi padre empeoró nuevamente, así que llamamos a una ambulancia. Por mucho que odiara los hospitales, sabía que papá podría conseguir ayuda allí. Mi precioso papá pronto se iría. Nunca había querido enfrentar ese día. No estaba lista A pesar de que había estado orando y pidiéndole a Dios que le diera más tiempo para realizar un milagro, no podía contar con eso. Nuestros días humanos están numerados. Todos tenemos nuestro tiempo y día en que nos iremos de esta tierra.

Como no estaba seguro de que mi padre fuera salvo, me preocupé por su alma y par adónde iría después de la muerte. Creía que una persona toma la decisión sobre el futuro eterno mientras está aquí en la tierra. Sentí la necesidad de predicar a mi papá antes de que fuera demasiado tarde, así que preparé un sermón.

Muchas veces, durante más de diez años, llevé a mi padre a una sinagoga mesiánica, Tiferet Yeshua (Gloria de Jesús), pero nunca parecía estar conmovido o interesado en Yeshua.

Sin embargo, un día tuvimos un predicador invitado de Estados Unidos que compartió su poderoso testimonio. Lo traduje al ruso para mis padres mientras hablaba. Al final del sermón, el predicador hizo un llamado al altar. Les pidió a aquellos que querían recibir a Yeshua en sus corazones que se pusieran de pie para orar por ellos. Mi papá, que acababa de ser diagnosticado, se puso de pie. Alabé a Dios por este momento, un gran paso en la vida de mi padre.

Todo sería diferente ahora y mi padre se convertiría en un

hombre piadoso y cambiado que viviría una vida transformada. Después de todo, si Dios pudo cambiarme a mí, Él podría cambiar a cualquiera.

La transformación que desesperadamente quería para él no sucedió. No fue nada más que una experiencia emocional para mi papá. Tenía que hablar con él sobre la fe otra vez, antes de que fuera demasiado tarde. Aunque siempre fui buena para contar historias, me sentía inadecuada como predicadora. Tenía que ser efectiva y elegir algunas escrituras de la Biblia que de alguna manera tocarían el corazón de mi padre o al menos atraerían su atención. Tenía que ser algo sobre la sanidad...

Recordé dos pasajes. Uno que habla sobre cómo Moisés había hecho una serpiente de bronce y la había envuelto alrededor de un palo. Cualquiera que hubiera sido mordido por una serpiente venenosa solo necesitaba mirar a la de bronce y ser sanado. El otro pasaje era de Juan 3, sobre el rabino Nicodemo, que había venido a Yeshua por la noche y le preguntó cómo nacer de nuevo.

Mi papá escuchó atentamente mientras contaba las historias. Parecía sentirse un poco mejor, pero pronto volvió a la cama y se quedó dormido.

Sentada junto a la cama de mi padre en el hospital, me preguntaba si sería útil para mi tener compañía en esos momentos. Podría haber llamado a mis amigos de la congregación y pedirles que vinieran y estuvieran conmigo, pero no tenía ganas de hablar con nadie y prefería estar solo con mi familia - mi padre y mi madre.

26
EL FUNERAL DE PAPA Y LA SHEVAH

Durante este tiempo difícil, Finnegan escribió a menudo para decirme que estaba orando por mi padre y mi familia. Quienquiera que fuese, en ese momento yo necesitaba ese apoyo y consuelo. Se las arregló para levantar mi espíritu. Finnegan siempre me enviaba escrituras. Me sugirió que le leyera a mi padre varias veces del capítulo tres del Evangelio de Juan. Finnegan escribió: "Le insto a que le lea la historia de Nicodemo en la búsqueda de la salvación. Incluso si tu padre no responde hablando, puede que te escuche. Estoy seguro de que le encanta escuchar tu voz y el mensaje podría conectarse cuando menos lo esperes".

Las lágrimas llenaron mis ojos cuando lo leí, porque este era el capítulo exacto que había compartido con mi papá dos días antes. Sentí como si Dios mismo me abrazara y dijera: "Lo has hecho bien". Me animó enormemente. En ese momento doloroso, en un cuarto de hospital sombrío, sentí el amor de Dios. Esta confirmación sobre el capítulo correcto vino a través de Finnegan, lo cual fue significativo. Aunque nunca nos encontremos en persona, él siempre sería ese hombre especial que

Dios envió a consolarme durante ese tiempo difícil. Estaba agradecida a mi Padre Celestial y a Finnegan.

Mi corazón se rompió al ver a mi padre con un dolor tan terrible. Los médicos le dieron morfina y nos dijeron que podía fallecer en cualquier momento. Me sentí tan impotente. Oré y traté de alentar a mi madre, pero no pude encontrar las palabras correctas. Me senté junto a la cama de mi padre en el hospital y en silencio le pedí a Dios que tuviera piedad de él. No podía leerle en voz alta, como sugirió Finnegan, porque había otro paciente durmiendo en la cama de al lado.

El 19 de octubre de 2008, alrededor de las once de la noche, mi padre falleció. Sólo tenía setenta y uno. No quería irse. Amaba la vida y todavía tenía grandes planes. No podía entender una vida sin él. Sin embargo, le agradecí a Adonai, quien mostró su misericordia al liberar a mi padre de su sufrimiento. A pesar de la hora tardía, algunos familiares acudieron al hospital para despedirse.

En Israel no es costumbre enterrar a la gente en ataúdes. Por lo general, el funeral se lleva a cabo lo antes posible, a menudo en el mismo día antes de la puesta del sol. Solo a los familiares cercanos se les permite ver e identificar el cuerpo, justo antes del funeral.

A las tres de la mañana, la documentación del hospital estaba terminada y el funeral programado para ese mismo día por la tarde. Mi mamá y yo fuimos a casa a organizar y planificar, lo que nos mantuvo ocupadas y nos ayudó a no pensar en la nueva realidad. Mi madre era débil y yo estaba preocupada por ella.

Muchas personas se presentaron en el funeral para apoyarnos. Algunos familiares y amigos compartieron algunas palabras sobre mi papá.

Reuní todas mis fuerzas, le pedí a Dios que estuviera conmigo y dije en voz alta: "Te amo, papá". Todavía no puedo imaginar mi vida sin ti. Tu cuerpo está aquí en esta fría tumba, pero creo que tu alma es inmortal, no está enterrada aquí con tu cuerpo. Ahora estás en un buen lugar y todo tu dolor se ha ido. Te extrañaremos enormemente, pero es solo hasta que nos reunamos de nuevo en un lugar mejor". Después de que dije esto, ya no pude contenerme más. Y lloré. Mis ojos estaban rojos de tanta lágrima.

Personas de mi trabajo y de mi congregación trajeron flores Aprecié profundamente su cuidado.

Cuando casi todos se habían ido, todavía estaba parada en la tumba de mi padre. Una paz inexplicable me llenó. Mi Dios estaba allí conmigo, reconfortándome y dándome nuevas fuerzas.

EL DESTINO

Al día siguiente, limpiamos la casa de mi madre para prepararla para las visitas. En Israel, la tradición es lashevet shevah, que significa literalmente sentarse durante siete días de luto.

La puerta de la casa se mantiene abierta durante todo el día para que la gente visite, ore y consuele a la familia del difunto. Se considera una mitzvá importante (mandamiento) tomarse un tiempo y estar con la familia, apoyar y ofrecer condolencias a las viudas. Antes de que perdiera a mi padre, desconocía el profundo significado de esta mitzvá.

Pusimos fotos y videos de mi papá mientras la gente venía día tras día para vernos. Tener familiares y amigos ayudó a aliviar el dolor emocional de mi madre. Estaba ocupada sirviendo té y café y compartiendo fotos de su esposo con todos los que venían. Los tiempos más difíciles llegaron cuando la she-vah terminó y estábamos de nuevo en nuestras rutinas diarias.

Quería saber si mi padre fue salvo. Oré por una señal. Se me ocurrió que si soñaba con mi padre vestido de blanco sería esa señal. Sin embargo, no fui yo quien tuvo el sueño. Unos meses después mi hija.

Julia, inconsciente de mis oraciones, me dijo que vio a su abuelo en un sueño.

"¿Qué llevaba puesto?", Le pregunté.

"No recuerdo exactamente. Era algo blanco".

Vita en la tumba de su padre

27
EL CONSEJO DE ROSA

Olvidé cómo se sentía la vida normal. Durante casi dos años, había ido de casa al hospital, a las citas médicas y a las clínicas. No podía ir a ningún lado y, a menudo, tuve que cancelar mis planes. Después de que mi papá falleció mi rutina cambió. De repente me habían liberado. Yo era libre de enfocarme en mi propia vida. Tuve tiempo de calidad para pasar con mi madre, que vino a vivir conmigo. Triste y solitaria sin mi padre, no estaba lista para vivir sola.

Finnegan me llamaba y me enviaba un correo electrónico todos los días y también en las noches conversábamos por mensajería instantánea. Fue interesante saber que le dimos a nuestros hijos el mismo nombre. El nombre del hijo menor de Finnegan es José y el de mi hijo es Yossef.

Le envié a Finnegan algunas de mis canciones de dos de los álbumes que produje en 2005 y 2007.

Un día, Finnegan me dijo: "Vita, desde nuestra primera comunicación comprendí que eres única en comparación con el mundo entero y cada vez que compartimos nuestros pensamientos, lo siento aún más fuerte".

Cuando le conté a mi amiga Rosa sobre Finnegan, ella se burló de mí con todas sus tonterías. Entonces se puso seria y preguntó: "¿Cuándo viene a Israel?"

Sonreí. "Rosa, es solo una historia de romance virtual. No habla específicamente de reunirse conmigo. Ojalá entendiera mejor lo que él tiene en mente".

"¿Es rico?" Rosa me miró con una gran esperanza en sus ojos.

"Realmente no lo sé".

"¿No le preguntaste qué hace para ganarse la vida?"

Sentí que estaba pasando una prueba de comportamiento y que Rosa era mi examinadora. "Sí, claro", le contesté. "Él es un maestro. Él enseña en escuelas públicas y también predica. No sé si le pagan por su predicación o no. Oh, también me dijo que tiene un sitio web donde a veces hace negocios, que vende automóviles, motocicletas y autopartes".

"Bueno, eso no suena demasiado prometedor", razonó Rosa. "¿No conociste a ningún otro tipo a través de TogetherForever.com?"

"Rosa, solo tuve una prueba de diez días y estaba muy ocupada con mi padre".

"Entonces dime, ¿por qué escogiste este Finnegan?"

Me encogí de hombros. "Él fue el primer chico con quien conversé. Me gustó a primea vista y en la primera charla. Es divertido hablar con él. ¿Tal vez es amor? Traté de molestar a Rosa.

"¿Estás enamorada o loca?"

"Rosa, sabes que estoy un poco loca. Por cierto, a algunas personas les gusta esto de mí".

"Bueno, me alegra ver que te estás volviendo normal y" loca "de nuevo. Este último año, no eras la Vita que conocía. Entiendo que pasaste por mucho dolor. Dios tiene algo especial para ti, estoy segura" Entonces, ¿qué está pasando con este chico de la primera charla, ¿cuál era su nombre otra vez? "

"Finnegan. No me gusta su nombre Es raro. Nunca lo llamo por su nombre. Simplemente no puedo, es demasiado difícil de pronunciar".

"¿De verdad te gusta?"

"No estoy segura. A veces siento que ya estoy conectada con él, sus correos electrónicos y sus amables palabras, pero es solo imaginario, como leer una historia o jugar un juego. Rosa, ni siquiera estoy segura de estar lista para una nueva historia de amor".

La expresión de Rosa cambió de repente. "En cualquier caso, asegúrate de no pensar seriamente en ningún chico hasta que lo conozcas"

28
VISPERA DE AÑO NUEVO

En Rusia, la víspera de Año Nuevo era uno de mis días favoritos y se sintía más como la Navidad. Cuando muchos judíos rusos llegaron a Israel en los años 90, trajeron consigo su propia cultura y tradiciones, incluyendo la celebración del año nuevo de invierno. En contraste, los israelíes no reconocen el Año Nuevo secular del 1 de enero. En cambio, observan Rosh Hashaná, el Año Nuevo judío, que se celebra en el otoño.

El horrible año 2008 terminó y esperaba que 2009 fuera mejor. Algunos de mis amigos y familiares rusos me invitaron a la celebración del Año Nuevo, pero opté por no unirme a ellos. No tenía ganas de ir a una fiesta.

En Rusia somos muy supersticiosos. Una creencia es que la persona con quien pasas la víspera de Año Nuevo es la persona con quien pasarás todo el año entrante. Así que aquí estaba yo pasando el tiempo con mi ser solitario. "Esas supersticiones no son más que mentiras y engaños del enemigo", traté de tranquilizarme.

Era casi medianoche cuando de repente escuché el sonido de mi Skype. Era Finnegan. Cuando se cargó la imagen, lo vi con un apuesto joven. Adiviné que éste era Joseph, su hijo menor, quién se parecía mucho a su padre. Ambos llevaban ushankas rusas (sombreros de piel) y se veían muy lindos.

Comenzaron a cantar: "Jesús me ama, esto lo sé". ¡Qué maravillosa sorpresa! Después de hablar un rato, los tres oramos juntos, pidiéndole a Dios que nos bendiga para el Año Nuevo y para nuestra futura reunión.

Se sintió tan bien. Aunque Finnegan y Joseph estaban a miles de kilómetros de distancia, ya no me sentía sola. Sonreí al recordar nuevamente la superstición rusa: "La persona con quien pasas la víspera de Año Nuevo es la persona en la que pasarás todo el año que viene". Hmmmm

A Finnegan le gustaba hacer comparaciones usando ejemplos de la naturaleza. Una vez dijo, "Cuando un campo es arado por un nuevo semillero, destruye el antiguo semillero para que el nuevo se arraigue y prospere".

"¿Qué quieres decir con eso?", Le pregunté. "No sé mucho sobre la agricultura". Las metáforas agrícolas de Finnegan fueron difíciles de comprender.

"¡Bueno", él simplificó! "Es como si el hecho de que entraras en mi vida trajera un buen cambio".

Yo sonreí "Parece que trajiste un cambio en mi vida también. Estoy pensando mucho en ti".

"Eres especial, Vita, y estoy ansiosa por conocerte y pasar tiempo de calidad juntos".

Intenté probar las aguas. "Entonces, cuando hablaste de un buen cambio en tu vida, ¿quisiste decir, quizás, que algún día vendrás a vivir a Israel?"

"Bueno, eso no es exactamente lo que quise decir. Seguramente espero algún día ir a visitar Israel. Mudarme a Israel me llevaría al menos tres o cuatro años. No es así de fácil. Pensé que querías venir a América. Cuando vi por primera vez tu perfil en línea y noté que eras de Israel.

"Estaba absolutamente seguro de que buscabas a alguien en los Estados Unidos porque querías mudarte aquí".

"Jaja, pensé lo contrario. Cuando empezaste a comunicarte conmigo, sabiendo que yo era de Israel, asumí que eres como la mayoría de los extranjeros que he conocido antes, que anhelan vivir en Tierra Santa. ¿Sabes que este es el mejor lugar del mundo? El Hijo de Dios vivió y caminó aquí. Aunque nací en Rusia, siento que esta es mi casa y que pertenezco aquí".

"Si entiendo."

"Por cierto, ¿le contaste a alguien de tu familia sobre mí?", le pregunté a Finnegan.

"Joseph lo sabe".

"Sé que tu hijo menor lo sabe. Recuerda, lo conocí en Skype, pero ¿qué hay de tus otros hijos, tus hermanos y tu madre?

"Todavía no le he dicho a nadie, porque podrían pensar que me he vuelto loco. No creo que lo entiendan. Algunos pueden incluso estar en contra de la idea de una joven israelí, pero cuando se encuentren contigo en persona, seguramente te amarán porque tú eres especial. "

"¿Es tu familia antisemita?"

"No, en absoluto", respondió en un tono sincero. "Aman a Israel y al pueblo elegido de Dios".

"Eso es bueno. ¿Te importa si te pregunto algo sobre tu propiedad?

"Puedes preguntar lo que quieras. No me importa en absoluto ""

¿Es correcto que seas dueño de una carretera? "

Finnegan sonaba confundido. "¿Qué? ¿Cómo llegaste a este pensamiento?

"Vi en el video que me enviaste. Todo el tiempo que conducías no había otros autos alrededor. ¿Cómo es eso posible?

Nunca he visto esto en Israel. Las carreteras aquí están constantemente llenas de tráfico".

"Jajaja, no tengo una carretera. Es gracioso que pensaste en eso. En los Estados Unidos, puedes encontrar muchas carreteras tranquilas como esta. Cuando vengas, te llevaré a dar un paseo en moto en algunas de ellas".

"¡Eso sería divertido!" Sonreí.

29
LA HISTORIA DE FINNEGAN

Ese invierno de 2009, Finnegan pasó por la misma experiencia difícil que yo tuve, porque la salud de su madre se deterioró, pero al menos no estaba solo puesto que tenía siete hermanos. Después de unas pocas semanas, cuando su madre falleció y él estaba haciendo los arreglos del funeral, traté de estar allí para él tanto como pude, orando y enviándole las Escrituras alentadoras.

Finnegan me había contado muy poco acerca de sus padres y hermanos. Después de que su madre falleció, él compartió un poco más sobre su familia.

"Tengo un hermano", comenzó su historia. "Su nombre es Adán. Cuando era adolescente tuvo un terrible accidente en la granja familiar. Desde entonces requiere supervisión diaria. Vivía con mi mamá y ella se ocupaba de él. Ahora mi hermano mayor, Alex, vive con él y lo supervisa. La herencia familiar depende de mí, porque mi madre me pidió que me encargara de los asuntos familiares en caso de su enfermedad o muerte. Así que tengo responsabilidades aquí por un período indefinido de tiempo".

"Realmente lamento el accidente de tu hermano. Suena como una historia trágica ", dije.

"Sí, este fue un gran trauma para mis padres y para todos nosotros en la familia".

Comencé a descargar y asimilar lo que Finnegan había dicho. "Por un período de tiempo indefinido ..." Sus palabras zumbaban ruidosamente en mi cabeza. "Bueno", dije con un nudo en la garganta, "creo que lo entiendo ... me alegra que hayas compartido esto conmigo".

"¿Qué entendiste?" Finnegan sonaba perplejo. "Entiendo que sería una pérdida de tiempo para nosotros, incluso para encontrarnos, ya que estás atrapado allí en los Estados Unidos 'por un período de tiempo indefinido'". Cuando me escuché decir esto, la tristeza se apoderó de mí; algo se estaba rompiendo.

Me alegré de que Finnegan no pudiera verme mientras hablamos por teléfono. A pesar de que me sentía abatida, intenté sonar como si nada hubiera pasado. "Ya sabes, eso está bien" Hice lo mejor que pude para no mostrar mis emociones. "Es obvio que ahora no es necesario que nos reunamos. Sería estúpido gastar nuestro esfuerzo, energía y dinero".

"Vita, espera! No, no quise decir eso en absoluto. Yo, en realidad, pensé lo contrario. Lo sé, parece que nuestro futuro juntos es absolutamente imposible. Sí, realmente parece que no hay salida, pero, por favor, espera. Quería decirte algo importante".

"¿Qué quieres decirme? No necesitas explicar nada. Entiendo."

Debo admitir que no me di cuenta de que ya estaba apegada a él. Tal vez me habían domesticado. Recordé al zorro de mi libro favorito, El Principito. Estaba en lo cierto. Definitivamente iba a ser herida. Era mejor para mí saber la verdad y terminar nuestra relación cuanto antes mejor, antes de que fuera más lejos. Yo no necesitaba otro trauma.

Por supuesto, si dejáramos de comunicarnos, extrañaría nuestros chats y correos electrónicos por un tiempo, pero eso pasaría y estaría bien. Era mejor ahora que después.

"Vita, ¿estás ahí? ¿Por qué estás callada? Finnegan interrumpió mis pensamientos.

"Sí, estoy aquí ... no sé qué decir ..."

"No creo que me entendieras", aclaró Finnegan. "¿Recuerdas cuando el pueblo de Israel salía de Egipto y llegaban al Mar Rojo?"

"Sí, recuerdo la historia, pero ¿cuál es la conexión?"

"Recuerda que tenían el mar delante de ellos y los egipcios corriendo detrás de ellos. No tenían absolutamente ninguna salida, pero Dios les abrió el mar. Así que lo que quería decir es que, si es la voluntad de Dios, Él también puede abrir el mar para nosotros. Estoy seguro de que no debemos rendirnos y al menos darle una oportunidad. Yo deseo mucho conocerte".

Me gustó cómo hizo este paralelo. Él debe ser un verdadero creyente fuerte. Sí, Dios puede hacer cosas asombrosas. Él es el Dios de las posibilidades, pero conocer y creer, especialmente contar con ello, es una historia diferente.

"Tengo muchas ganas de conocerte, Vita". Finnegan trató de convencerme. "Creo que, si no nos reunimos, siempre lo lamentaremos y podríamos sentir que hemos perdido nuestra mejor oportunidad en la vida".

Finalmente, Finnegan lo dijo. Sabía que él hablaba en serio conmigo, pero fue bueno escucharlo una y otra vez. De alguna manera, durante los últimos meses, cuando habíamos tocado este tema sobre mi viaje a los Estados Unidos para visitarlo, o cuando él venía a Israel a verme, no había sonado determinado. Había hablado de que los boletos eran muy caros e incluso mencionó una vez que no era una persona rica. A veces, no estaba seguro de si estaba pensando seriamente en nosotros reunirnos. Ni siquiera había ordenado su pasaporte todavía. ¿Era realmente tan difícil conseguir un pasaporte?

Recordé sus palabras de nuevo: "Si es su voluntad, Dios puede abrir el mar para nosotros. Si no nos reunimos, siempre lo lamentaremos y podríamos sentir que hemos perdido nuestra mejor oportunidad en la vida".

Parecía que nuestra historia no había terminado.

30
LA CIUDAD DE KANSAS

Un día, cuando estábamos conversando me atreví a formularle una pregunta directa. Tal vez fue descaro (audacia) preguntar tan directamente, pero no tenía otra opción. Deseaba que él me lo hubiera ofrecido, pero nunca lo hizo.

Así que escribí: "Si voy a los Estados Unidos a verte, ¿me comprarías un boleto?" No podía creer que yo le preguntara eso, pero las palabras ya estaban al otro lado del planeta y él las estaba leyendo.

"¡Pagaré la mitad!", Respondió.

Guau!Guau, esto era razonable. Este hombre no me conocía y yo también podría haber sido una estafadora, pero estaba listo para invertir en nuestra reunión. Sentí que el hielo finalmente se rompía.

El debe estar serio conmigo, ya que nadie en su sano juicio invertiría seiscientos dólares para alguien que no le importa.

Ahora que las cosas parecían estar avanzando, comencé a sentir pánico. Mi mente estaba acelerada, llena de ideas, tratando de analizar la situación y llegar a una conclusión lógica. Después de examinar todas las posibilidades me dije,

"Vita, solo hay cuatro posibilidades en tu relación con Finnegan".

1. Nos reunimos y nos damos cuenta de la mala impresión que tuvimos el uno del otro. No sentimos conexión y ambos estamos decepcionados. Después de decir adiós, nunca nos volvemos a ver ni a hablar. Fin de la historia.

2. Nos encontramos, le gusto, pero no me importa en absoluto. Así se rompe el corazón del hombre. Perdimos

nuestro tiempo y nuestro dinero por nada.

3. Estoy enamorada de él, pero él no muestra ningún interés en mí. Estoy desconsolada y él está frustrado.

4. Nos encontramos, nos enamoramos y decidimos estar juntos por el resto de nuestras vidas. Excepto que hay un problema: él está atrapado en América y yo estoy en Israel. Incluso en este caso no podemos estar juntos. ¡Mis raíces, mi familia y mi corazón están en Israel para siempre! De ninguna manera me iré a otro país.

Por un momento, la respuesta fue clara: deberíamos olvidarnos uno del otro. Por qué perder tanto tiempo y ambos ponernos en esta posición vulnerable.

Mi hija Julia todavía vivía en Seattle en los Estados Unidos. Tenía la intención de visitarla, de todos modos. Me dije a mí misma: "En realidad no estoy perdiendo nada. Es una ganga para mí ya que Finnegan pagaría la mitad de mis gastos de viaje. Es obvio que debería ir por ello"..

Habían pasado casi ocho meses desde nuestra primera charla el 12 de octubre de 2008. La fecha estaba establecida. Tenía pasajes en mano desde Tel Aviv a Kansas City para principios de junio.

Comencé a planear mi viaje y decidí que debía tener un plan de respaldo en caso de que necesitara un escape rápido. Para protegerme, debía tener un poco de flexibilidad, para actuar según el momento y la situación. Sería mejor no quedarse con fechas y horas específicas, por lo que decidí comprar los billetes de avión a Seattle solo después de conocer a Finnegan y entender lo que está pasando. En el peor de los casos, simplemente iría al aeropuerto y tomaría cualquier avión. Sabía que me costaría una fortuna, pero esta era la única estrategia posible para mi seguridad real.

Cuando le dije a Julia que iba a ver a un hombre al que conocí a través de Internet, ella dijo: "Mamá, ¿estás loca? ¿Y si es un asesino? Ni siquiera te atrevas. Por favor, te lo ruego."

Ella estaba realmente preocupada por mí, pero yo estaba convencida de que Finnegan no era peligroso. Nunca iría a esta aventura a menos que orara y sintiera shalom en mi corazón.

Planeaba estar principalmente en lugares públicos y no solo con él, por supuesto, excepto en motocicleta. Finnegan tenía un hijo que vivía con él, lo que hizo el alojamiento más seguro. Al menos, no estaríamos solos en su casa.

Descubrí que en el área de Kansas City donde vivía Finnegan, habría una conferencia llamada "Mandato de Israel". Yo deseaba asistir, especialmente porque uno de mis favoritos maestros israelitas de la Biblia, Tony Goldman estaba programado para predicar. El momento de esta conferencia funcionó perfectamente para mis circunstancias.

Le pedí a Finnegan que comprara entradas para este evento, por lo que ya tendríamos algo planeado para la primera noche. La conferencia fue un evento de tres días, así que, si no hubiera otra cosa, simplemente estaría allí todo el tiempo y podría huir después de eso.

"¿Por qué estoy tan asustado?", Me pregunté. "Llevábamos casi ocho meses comunicándonos. Vita, relájate y disfruta de tu viaje. Olvídate de los sis o los peros"..

31
LA CIUDAD DE KANSAS

Es sorprendente que después de un viaje tan largo Después de doce horas de viaje, estaba finalmente en el Aeropuerto de Kansas City. Es sorprendente que después de un viaje tan largo no me sentía nada cansada.

Finnegan vino hacia mí con un enorme ramo de flores. Estaba vestido con un elegante traje negro. Él sonrió y me abrazó. "Oh, Vita, eres tan hermosa. Estoy muy feliz de finalmente conocerte en persona."

Al principio me sentía era un poco tímida, pero pronto me sentí cómoda y relajada.

Me llevó a su casa, ubicada en una colina con dos estanques a su alrededor. La casita era tan limpia y acogedora, decorada para mí con pétalos de rosa y coloridos globos en forma de corazones. Todo el lugar estaba lleno de preciosas velas encendidas. Había comida en la mesa preparada especialmente para mí. La música suave sonaba tranquilamente. Me sentí como si estuviera en mi cuento de hadas. Por fin, había encontrado a mi príncipe. Ambos sabíamos que fuimos creados el uno para el otro.

Después de la cena salimos. Nos tomamos de la mano y hablamos sobre nuestro futuro, que parecía estar sellado para siempre. Me sentí tan feliz, tan contenta. El cielo estaba lleno de estrellas. Eran tan grandes y brillantes, una exhibición maravillosa para esta ocasión especial.

"No me dijiste que tenías esta casa increíble y tanta tierra".

Todo lo que tengo será tuyo ahora. Te amo Vita Eres la princesa más preciosa que Dios me trajo"..

EL DESTINO

Su cara bien afeitada estaba tan cerca de la mía que podía sentir su aliento. Cerré los ojos mientras esperaba que sus labios tocaran los míos.

De repente escuché la voz fuerte de una mujer. "Damas y caballeros, hemos llegado a Kansas City. La temperatura exterior es de 82 grados. Su equipaje estará en la puerta 29, que se encuentra en el lado izquierdo al salir del avión. Por favor no olviden sus pertenencias. Muchas gracias por volar con Delta Airlines"..

Me desperté cansada y sintiéndome rara. ¡Qué sueño! Asumí que algo realmente increíble iba a suceder. Toda mi vida había esperado a un príncipe que llegaría en un caballo blanco (una motocicleta también funcionaría) y me llevaba a su palacio espléndido donde viviríamos en perfecta felicidad.

Quizás esta fue una visión profética ... Hmm ...

Aquí estaba en el aeropuerto de Kansas City, una mujer romántica, sensible a cada pequeño detalle, muy emotiva y llena de ilusiones, caminando nerviosa hacia el área de equipaje mientras escudriñaba la terminal en busca de alguien alto como Finnegan cargando un ramo de flores.

Vi a un hombre acercándose a mí, pero no era él. El desconocido alto parecía mayor que mi amigo Finnegan y no llevaba flores.

"Hola Vita, ¿cómo fue tu viaje? Es un placer conocerte en persona ", dijo.

Reconocí esta voz de inmediato. Era la voz de Finnegan. Miré más de cerca su cara y la sorpresa me golpeó. Probablemente se estaba mostrando en mi cara, aunque intenté ocultar mi incomodidad y confusión. "De ninguna manera. ¿Cómo es esto posible?" Me pregunté. "¿Cómo puede ser que este hombre que dice ser Finnegan se vea tan diferente de todas las fotos y videos que he visto de él? "No lo reconocí y no me atrajo ni un poco.

El extraño vestía de una manera tan anticuada e inelegante, con un traje gris claro, que se veía demasiado grande con bolsillos bajos. Seguramente no era el hombre con el que esperaba encontrarme. Lo supe del primer vistazo, ¡esto no era, no era mi estilo en absoluto! Crecí en Rusia, donde es absolutamente inaceptable que un hombre venga a conocer a una dama por primera vez sin flores.

Traté de superar mi decepción y me consolé a mí misma pensando que al menos disfrutaría de la conferencia y conocería a nuevas personas.

Recogimos mis dos maletas y nos dirigimos al coche. Qué decepción, casi me da ganas de llorar. Estaba agotada y no tenía fuerzas para hablar y fingir. En un esfuerzo por ser educada, reuní a todos mis talentos de actuación de mi experiencia en clase de drama y le pregunté a Finnegan cómo estaba y sobre el viaje a su casa. El intentó ser amable, ofreciéndome una botella de agua de manantial y preguntándome si quería comer algo.

Con todos estos intentos de mantener la conversación, sentí tanta tensión en el aire. Fuimos extraños el uno al otro e incluso me sentí extraña estar con él en el mismo auto.

Me sonreí al recordar mi sueño en el avión. "Oh Abba Elohim", oré sinceramente, "Por favor, sálvame de esta estúpida situación. Guíame y muéstrame la salida. Gracias por darme sabiduría para tener un plan de respaldo"..

Finalmente, salimos de la carretera. El camino pasaba por los campos; Había cada vez menos casas. ¿Vive en un bosque? El lugar me parecía el desierto. Oh, Dios mío, qué agujero, no hay gente, no hay tiendas, casi no hay coches, no hay civilización. Intenté estar tranquila, pero me puse un poco nerviosa. Soy una chica de ciudad y no me gusta el campo.

Decidí prestar atención a las señales de tráfico, al menos para saber a dónde íbamos. Finalmente, hubo un letrero que decía: "Peculiar". Hmm, esta fue probablemente la mejor descripción de lo que estaba sucediendo en mi vida. ¿Era este el nombre del lugar? ¿Quizás significaba que los locos viven allí? No sabía si llorar o reír

Pasó de mal en peor. Su casa era un desastre, lleno de cajas, papeles, herramientas, bolsas de plástico y guantes por todas partes. Todos los muebles eran una mezcla de colores, basura en todas partes, un completo desastre. Había tantos artículos por todas partes. El lugar parecía un depósito de chatarra. Supuse que Finnegan hizo negocios usando esas cajas, pero pensé que íbamos a su casa y no a un almacén...

Increíblemente, todo estaba al revés. Incluso la habitación que él había "preparado" para mí, para su princesa, era horrible. Bueno, tal vez la habitación era un poco mejor que el resto, pero aun así tuve que limpiarla antes de poder usarla, porque de lo contrario no me sentía cómoda. ¿Dónde estaban mis pétalos de rosa y globos de colores? ¿Fue esto un castigo? Pensé que me había arrepentido de todos mis pecados. Incluso en una pesadilla nunca podría haber imaginado todo esto. Estaba realmente molesta y enojada conmigo misma por mi insensatez por meterme en esta situación sin sentido.

Si hubiera estado en Israel, habría entrado en su casa, dado la vuelta y huido de inmediato, sin volver a ver ni hablar con este hombre. Caí de mis nubes a la realidad, yendo profundamente bajo tierra.

32
EN LA CONFERENCIA

Sin saber que decirnos hablamos sobre el clima, ¿Dónde fueron todos nuestros grandes temas y largas conversaciones? Todos se evaporaron en el aire y ni siquiera deseaba hacerlo mejor. Estaba claro que después de la conferencia me iría. Este Finnegan, con quien hablé por teléfono, escribió correos electrónicos, conversó por Skype, fue solo un fruto de mi imaginación, nada parecido a la persona que estaba allí frente a mí.

Descansé durante media hora, me di una ducha, me cambié de ropa y fuimos a la conferencia. Estaba cansada pero emocionada de salir de su casa y escuchar algo de música de adoración y a mi maestro favorito.

Uno de mis colegas en Israel me había dicho que sus buenos amigos, Lucy y John, estarían en la misma conferencia y ella sugirió que nos reuniéramos con ellos. Estaba segura de que habría menos tensión y que fluiría una mejor conversación si fuéramos cuatro. Le envié un mensaje de texto a Lucy y acordamos reunirnos en la entrada e ir al auditorio juntos.

Había miles de personas que corrían para entrar y apenas podíamos encontrar un lugar para estacionar. Había banderas israelíes en el escenario, mucha gente amistosa, un mensaje interesante, poderoso y una música maravillosa. El equipo de adoración incluso cantó algunas canciones en hebreo, todo esto creó una atmósfera de celebración.

Cuando el programa terminó, quise decirle shalom a Tony Goldman.

"Guau, Vita, qué sorpresa. Es tan bueno verte. "" Vine todo el camino solo para escucharte predicar. "Le dije a Tony en

Hebrew con una gran sonrisa en mi cara. "Me diste un gran mensaje".

"¿Qué estás haciendo aquí en los Estados Unidos?", Preguntó.

"Voy a visitar a mi hija que vive en Seattle". No dije una palabra sobre mi aventura.

Muchas personas se reunían alrededor de Tony, esperando hablar con él, así que me despedí y me dirigí hacia la salida donde Finnegan, Lucy y John me esperaban.

"Está bien", les dije, "Vamos. Estoy lista. Gracias por esperar.

"De repente, un hombre se me acercó y me dijo:" ¡Shalom, Vita!". "Shalom". Me quedé perpleja. ¿Quién me conocería en esta multitud?" No creo que esté familiarizada con usted ", le dije al desconocido.

"Mi nombre es Shmuel. También soy judío. Sí, tienes razón, nunca nos hemos visto antes, pero conozco tu maravillosa música. Eres una celebridad y yo soy tu gran fan. De hecho, escucho tus discos todo el tiempo. Tus canciones están muy ungidas.

"Guau, gracias, nunca me consideré una celebridad. Realmente hiciste mi día".

Shmuel se presentó como un rabino mesiánico de una congregación local. Me preguntó cuánto tiempo iba a estar en Kansas City y nos invitó a todos a venir al servicio en Shabat. Me dio su tarjeta de visita, se despidió y desapareció.

Era tarde. Estaba agotada y necesitaba desesperadamente dormir un poco. En el camino de regreso, hablamos sobre la conferencia y el poderoso mensaje de Tony. Me dormí tan pronto como llegué a mi habitación y puse mi cabeza sobre la almohada.

33
LA MOTOCICLETA DORADA

Finnegan tenía unos pocos acres de tierra llena de árboles y hermosa hierba verde. El paisaje tranquilo y relajante me hizo pensar en nuestro maravilloso Creador. Pensé en lo ideal que sería si todos los israelíes pudieran venir aquí y experimentar esta tranquilidad, ya que la vida en Israel carece de tanta serenidad.

Todavía estaba en mi habitación, tratando de examinar mi situación, orando por la sabiduría y la guía de Dios para planear mi escape. De repente, mis pensamientos fueron interrumpidos por un motor que retumbaba afuera. Miré por la ventana y vi a un hombre en una fabulosa motocicleta dorada que acababa de llegar y estaba parada en el camino de entrada. Al principio pensé que era Joseph, el hijo de Finnegan, pero el ciclista buen mozo parecía no era un hombre muy joven. Tal vez, fuera un amigo de Finnegan o uno de sus hermanos.

El hombre se bajó de la bicicleta y se dirigió hacia la casa. Lo observé con curiosidad, escondiéndome detrás de las cortinas. Cuando se acercó, no podía creer lo que veía. Era Finnegan ...

¡Dios mío! Se veía tan diferente en jeans y chaqueta de cuero. Este fue un descubrimiento sorprendente. Hmmm ... ¿Estaba ciega ayer? ¿Puede ser que la ropa que usó haya cambiado tanto su apariencia? No sabía qué pensar. Tal vez debería esperar un poco con mis planes de escape.

Perpleja, pero más motivada, salí de mi habitación. Todavía era muy tímida y no me sentía como en casa. Finnegan y Joseph hicieron unas tostadas y huevos y esperaron a que yo desayunara.

"Veo que ya has montado la motocicleta hoy", le dije a

Finnegan.

"Sí, solo fui a la ciudad a comprar pan fresco para el desayuno. ¿Cómo dormiste, Vita?

"Dormí como un bebé. Estaba muy cansada ayer".

"Si quieres volver a la conferencia, tenemos que irnos pronto. ¿Te gustaría ir en mi bicicleta dorada? Es el clima perfecto para montar y será más fácil encontrar un espacio de estacionamiento allí".

"Si seguro. Me encantaría."

El viaje fue maravilloso. Finnegan tomó algunos caminos ondulados a través de los campos y pequeñas ciudades. El día transcurrió rápido, ya que conocimos a muchas personas diferentes y asistimos a varios talleres.

La conferencia terminó a las cinco de la tarde. Salimos a cenar con Lucy y John. En su mayoría escuché sus conversaciones y respondí sus preguntas. Hablamos sobre el sermón de Tony Goldman, sobre Israel y la fe en Dios. Lucy y John compartieron acerca de su familia y mostraron algunas fotos de sus nietos. Hicieron preguntas a Finnegan que nunca me atreví a plantear, así que escuché sus respuestas. Compartió que su exesposa lo dejó con tres hijos y se escapó con otro hombre.

"Fue un divorcio muy doloroso", dijo Finnegan. "Me tomó muchos años recuperarme. Ser madre y padre para mis hijos era un trabajo de tiempo completo Ahora mis hijos han crecido, por lo que finalmente siento que estoy listo para formar una familia nuevamente".

Después de la cena, intercambiamos direcciones de correo electrónico y nos despedimos de Lucy y John porque tenían que irse a la mañana siguiente.

El jet-leg estaba tomando el control. A las ocho en punto, ya tenía sueño y tuve que irme a la cama.

34
CORRIENDO DE LA TORMENTA

Era el último día de la conferencia y todavía no había decidido cuando viajar a Seattle. Ni siquiera tuve tiempo de buscar boletos porque habíamos estado ocupados en el evento de tres días. Esa noche montamos la motocicleta dorada otra vez y nos detuvimos en una colina alta para observar una hermosa puesta de sol. En Israel, no hay muchos lugares donde se puedan ver paisajes interminables y la belleza ilimitada de los cielos abiertos. Nos quedamos atrapados en una lluvia ligera en nuestro camino a casa. Finnegan trató de correr más rápido para escapar de la tormenta que se avecinaba. Casi estábamos en casa cuando de la nada un oficial de policía nos detuvo. Noté una mirada de preocupación en la cara de Finnegan. Hablaron durante unos diez minutos mientras la lluvia se intensificaba.

Finalmente, el policía se fue y Finnegan volvió. "Todo está bien. Vamos a casa. La tormenta se está haciendo más fuerte".

"¿Hiciste algo mal?" Tenía curiosidad.

"Sí, estaba acelerando. Cambiaron el límite de velocidad de cuarenta y cinco a treinta y cinco millas por hora.

"Oh, ¿te detuvo porque estabas yendo diez millas más?"

"Estaba montando setenta millas por hora".

"Guau, realmente, no me di cuenta de que montamos tan rápido. ¿Te dio un boleto?

"No, el oficial de policía revisó algo en su computadora durante mucho tiempo. Tenía miedo de que me llevara a la cárcel".

"¡Oh no! ¿Qué haría yo entonces?"

"Tendrías que venir a la cárcel conmigo", me dijo Finnegan con una sonrisa.

EL DESTINO

"Esto no era parte de mis planes. Mi hija realmente pensaría que estoy tratando con un criminal".

"No estoy seguro de por qué, ¡pero él me dio misericordia y ninguna penalidad en absoluto! Tal vez porque estaba contigo. Finnegan sonrió de nuevo. "¿Oyes el trueno? Será mejor que nos apuremos si no quieres empaparte".

El viento penetraba en mi piel. Ya estaba mojada y con frío. Había una asombrosa y misteriosa exhibición de luces en todo el cielo. Me aferré a Finnegan, tratando de mantenerme abrigada y escondiéndome del viento y la lluvia. Era sólo la naturaleza furiosa y nosotros. Me sentí segura, completamente dependiente de mi conductor. No tenía idea de lo cerca que estábamos de la casa. Todos los caminos me parecían iguales y no podía imaginarme cómo una persona podía navegar en un área como esta.

Justo después de que llegamos a la casa, comenzó la gran tormenta. El trueno era tan fuerte que sonaba como si hubiera una explosión de granada justo en el patio trasero.

La tormenta hizo de la casa un lugar mejor; intenté no concentrarme en el desorden. Mientras la lluvia seguía golpeando, los tres, Finnegan, Josef y yo estábamos cómodos adentro, viendo una película...

35
UN DOMINGO ATAREADO

El día siguiente era domingo. Después del desayuno temprano, los tres fuimos a la iglesia. Teníamos que estar allí a las ocho de la mañana para la escuela dominical. Finnegan me presentó como su amiga de Israel. Al principio estaba un poco nerviosa, pero después de un tiempo incluso participé en la discusión sobre las Escrituras. Una hora más tarde subimos al servicio principal. La gente me miró con curiosidad, ya sea porque vine con Finnegan o porque me veía diferente. No estaba segura Le di la mano a casi todos, sonriendo y repitiendo como un loro: "Encantado de conocerte".

No pude recordar todos los nombres; la mayoría de ellos me sonaban como nuevas palabras en inglés. De ninguna manera podría aprenderlos todos. Eran tan diferentes de todos los nombres rusos y hebreos que conocía.

Estaba observando a Finnegan y a Joseph y traté de imitar todo lo que hacían, ya que este servicio de la iglesia era diferente a nuestra sinagoga mesiánica en Israel. Había algunos rituales que eran muy nuevos para mí. El servicio duró una hora y media. La mayoría de la gente bajó las escaleras de nuevo por algo de compañerismo, café y postre.

Después de la iglesia, fuimos a visitar a Bella y Mark, amigos de Finnegan que vivían a unas pocas millas de distancia y a quienes Finnegan atendía todos los domingos por la tarde. Nos reunimos en su sótano. Me dieron una guitarra y me pidieron que cantara una canción en hebreo. Había anotaciones en la pizarra. El nombre del libro de la Biblia, el capítulo y el verso donde se habían detenido el domingo anterior se registraba allí. Finnegan leyó algunos versos, compartió sus pensamientos y preguntó si a alguno de nosotros le gustaría agregar algo.

Después de casi dos horas de estudio interactivo juntos, finalmente regresamos a casa. Estaba un poco cansada. "Tenemos unas pocas horas antes de ir al centro de salud", dijo Finnegan.

"¿Centro de salud?" Estaba confundida. "¿No te estás sintiendo bien?"

"No, me siento muy bien. Recuerda, te dije que todos los domingos hago un servicio de adoración en el lugar donde viven muchas personas enfermas".

Apenas tuvimos tiempo de comer algo, ya que necesitábamos irnos al sanatorio. Era una instalación cerrada donde vivían unas sesenta y cinco personas, sin esperanza alguna de todas las edades. La mayoría de ellos tenían algún tipo de trauma o incluso tenían antecedentes criminales. El lugar era asqueroso y apestoso. La mayoría de las personas estaban en sillas de ruedas, mientras que algunas tenían caras locas o partes torcidas de sus cuerpos. No me sentía lo suficientemente segura como para acercarme a ellos, porque me miraban como niños pequeños que acababan de ver un juguete nuevo.

Finnegan leyó de la Biblia y dio un breve mensaje. Tocó un poco de música de un CD y cantó himnos. Les encantó cantar con él. Era el momento culminante de su semana, ya que muchos de ellos nunca tenían visitas.

Cuando terminó el servicio de adoración, Finnegan dio la vuelta y estrechó la mano de todos los residentes y oró por sus necesidades. No podíamos salir de las instalaciones hasta que una de las enfermeras llegara, marcara un código de seguridad y nos abriera la puerta.

Cuando fuimos al auto, Finnegan me dio un trapo empapado con alcohol y me dijo que me limpiara las manos por completo. "Algunas de las personas pueden tener enfermedades graves", explicó. "Así que debemos tener cuidado de no pillar nada". Cenamos en un pequeño restaurante y nos fuimos a casa.

Después de observarlo durante esos pocos días, ver su actitud hacia su hijo Joseph, los enfermos del centro de salud, presenciar sus compromisos con su iglesia y la pareja que visitamos esa mañana, pude ver su corazón. Cuando miré los libros en sus estantes —todos comentarios de la Biblia u otros libros espirituales — estaba convencida de que era un hombre piadoso con integridad.

Aprecié su comportamiento amable y su actitud piadosa. Yo no era una niña y él era diez años mayor que yo. Tal vez, cuando uno es más maduro, es un poco más fácil no ser conducido por la atracción física y prevenir decisiones estúpidas basadas en la lujuria. Comencé a ver a Finnegan bajo una luz diferente y mi corazón se ablandó mucho hacia él. Me relajé e incluso me sorprendí bromeando y chisteando con él de vez en cuando.

Después de unos días, me fui a Seattle para ver a Julia, pero no fue un escape, ya que pensaba volver y pasar unos días más con Finnegan.

36
EL DÍA DE LOS PADRES

Después de pasar una semana en Seattle, regresé a Kansas City. Esta vez Finnegan me recibió en el aeropuerto con hermosas rosas rojas. Llevaba unos vaqueros y una bonita camiseta y se veía bastante decente, excepto por sus feas botas amarillentas de vaquero. No podía comprender por qué una persona necesitaba botas a mediados de junio. En mi opinión, las botas son para el invierno. Deseaba poder decirle cuánto odiaba esas botas, pero no dije una palabra, esperando algún día tener la oportunidad de expresarlo.

Había muchas peculiaridades inusuales que intentaba entender sobre este hombre y su país.

Por ejemplo, él necesitaba detenerse en una tienda para comprar algunos comestibles. Cuando llegamos a la tienda, dio vueltas en círculos varias veces y yo no sabía qué estaba pasando. "¿Estás tratando de decidir si ir a esta tienda u otra tienda?"

"No, solamente estoy tratando de encontrar un buen lugar de parqueo." El replicó.

Había una gran cantidad de espacios de estacionamiento, probablemente más de treinta y él estaba "tratando de encontrar uno". Eso fue chocante para mí. ¡Increíble!

En Israel, cada vez que volvía a casa, rezaba para poder encontrar un lugar de estacionamiento y que fuera lo suficientemente grande como para entrar mi pequeño automóvil. Seguramente, la vida en Estados Unidos es muy diferente y la gente ni siquiera lo aprecia. Toda la abundancia que tienen. Deseé poder tener tanta tierra y construir estos grandes estacionamientos en Israel.

En la tienda, la gente era muy educada y amable. A veces, algunos de ellos actuaban de forma peculiar. Se disculpaban cuando pasaban por mi lado, pero no estaba segura de por qué. Quizás había algo mal conmigo. Me miré en el espejo y no encontré ningún problema... Esperaba no oler mal. Solo más tarde comprendí que sentían que estaban en mi territorio, demasiado cerca de mí y que no era apropiado. Así que las personas en Estados Unidos tienen un límite especial de espacio, quizás un metro o un poco menos y se supone que otra persona no debe cruzar su espacio. Si lo hace, debe disculparse, al menos eso fue lo que aprendí. En Israel, no tenemos estos límites. Simplemente nos abrimos paso a través de la multitud.

Cuando llegamos a la casa de Finnegan, él me dijo: "Mañana, aquí en los Estados Unidos, celebramos el Día del Padre. El pastor Gary de mi iglesia quería que te preguntara si compartirías tu testimonio en el servicio de la mañana y cantarías algunas de tus canciones. ¿Qué piensas?" "GuauGuau, es un privilegio para mí, pero nunca he compartido mi historia desde el púlpito, especialmente en inglés. No creo que mi historia sea interesante en absoluto".

"Estoy seguro de que tu testimonio es muy diferente de cualquier persona en nuestra iglesia. Sería emocionante para ellos escuchar cómo tú, siendo judía, te convertiste en una creyente en Yeshua". Sentí que era una misión importante y una oportunidad increíble para compartir con los gentiles una historia sobre un judío que encuentra al Mesías, así que dije: "Sí".

Por la mañana, me puse muy nervioso y oré para que Dios me ayudara. Dije algunas palabras sobre mi padre y cómo Dios me consoló a través de Finnegan. Canté algunas de mis canciones y sentí la presencia de Dios. Él estaba allí conmigo. No sabía lo que había dicho, pero todas las personas me agradecieron y decían que habían sido bendecidos y conmovidos.

Cuando salimos de la iglesia, Finnegan me dio un sobre. "Esto es para ti."

"¿Qué es esto? ¿Me escribiste una carta? "" Es un honorario". "Nunca había escuchado esta palabra antes". Abrí el sobre y encontré un cheque a mi nombre. "¡Guau, soy rica ahora! ¿Por qué me dieron dinero? "No sabía que a las personas se les paga por hablar en las iglesias"

EL DESTINO

"Vita, ¿sabes que solo en Missouri, hay miles de iglesias a las que les encantaría recibirte y escuchar tu historia y tu música?"

Esto sonaba fantástico, pero vacilé. "No estoy tan seguro de eso", le dije a Finnegan.

"Esta noche, nos reuniremos con mis hijos, Gabriel, Joseph y Hadassah. Me invitaron a cenar porque es el Día del Padre".

"¿Saben que su padre viene con una extranjera de Israel?

"Sí, están deseando conocerte".

Me puse mi mejor atuendo y fuimos al restaurante para conocer a los hijos de Finnegan.

Fue estresante para mí, porque no sabía qué decir. Todavía no habí averiguado quién yo era para Finnegan y por qué el encuentro con sus hijos. No pude seguir sus conversaciones; hablaban demasiado rápido y usaban mucho argot. A veces, bromeaban y reían, mientras yo me sentía tan estúpida e indefensa, ya que no entendía lo que era tan gracioso. Esperaba que no se estuvieran riendo de mí.

Luché para pedir mi comida y estaba absolutamente perdida mirando el menú lleno de nombres y descripciones extrañas. Si solo hubiera algunas fotos en el menú, entonces podría señalar lo que quería. Hacer preguntas sobre la comida solo causaría más vergüenza, porque yo tampoco entendería la explicación. Me sentí aliviada cuando la cena terminó y salimos. Tomamos algunas fotos y nos dijimos algunas palabras educadas.

Justo antes de que nos fuéramos, Hadassah se acercó y me preguntó. "¿Estás planeando mudarte a los Estados Unidos?"

Me agarró desprevenida. "No lo sé."

"Sería bueno si vinieras a vivir aquí".

Eso me tocó. "Gracias, Hadassah. Fue un placer conocerte.

37
BRIT MILAH

Le mostré a Finnegan algunos de mis videos que había hecho para mis clientes. Uno de ellos estaba en una ceremonia de Brit Milah (circuncisión). Le expliqué a Finnegan que, en Israel, siguiendo la Torá, los padres circuncidan a sus bebés varones en el octavo día. También se considera una mitzvá, (un mandamiento).

Por lo general, las personas invitan a familiares y amigos a un restaurante, tienen comida y bebidas, música e incluso a veces un DJ, y en medio de la fiesta, un rabino realiza la ceremonia de la circuncisión delante de todos los invitados.

"En Estados Unidos, un médico generalmente lo hace en el hospital", dijo Finnegan.

"¿Quieres decir que el pueblo judío en Estados Unidos no hace la ceremonia con todas las oraciones y bendiciones, sino que simplemente lleva al bebé al médico?"

"No sé acerca de los judíos aquí. Estoy diciendo que la mayoría de los estadounidenses circuncidan a sus hijos en el hospital sin ninguna ceremonia ", dijo Finnegan.

"¿Me estás diciendo que tus hijos están circuncidados?" "Sí, claro, al igual que yo y todos mis hermanos".

"¡Guau Guau!" No pude ocultar mi sonrisa. "Son buenas noticias". Pensé para mis adentros: "¿Cómo puede ser que un goy (gentil) circuncidé a sus hijos? Hmm, tal vez solo lo llaman circuncisión, pero hacen algo diferente".

"¿Es un tema importante para ti?" Finnegan interrumpió mis pensamientos.

"Solo si un día decidimos ser más cercanos que solo amigos".

"Espero que lo hagamos, Vita. Me gustas y disfruto mucho de

tu compañía".

"Entonces tengo que decirte que acabas de pasar un criterio importante". Nos reímos.

"¿Cuántos criterios debo pasar?".

No le dije a Finnegan que tenía una lista de al menos diez cualidades importantes que había escrito mientras oraba a Dios por mi futuro cónyuge. No le pedí a Abba que los cumpliera a todos, pero al menos a la mitad. Ya sabía que encontrar un hombre perfecto no es posible porque simplemente no existe. Solo un hombre es perfecto: mi Señor y Salvador Yeshua HaMashiach.

38
HERMOSOS ÚLTIMOS DÍAS EN LA CIUDAD DE KANSAS

Era el fin de junio. El tiempo era maravilloso. Ya había comenzado a empacar mis dos enormes maletas para mi viaje de regreso a Israel. Le pregunté a Finnegan si podíamos ir a algunas tiendas y comprar recuerdos para llevar a casa conmigo. Llamó a su amiga Bella, la señora que organizó el estudio bíblico el domingo por la tarde y le preguntó qué tiendas le recomendaba.

"Me encantaría llevar a Vita de compras, si no te importa", ofreció Bella.

"Eso sería genial, Bella, gracias". Finnegan se volvió hacia mí y me dijo: "¿Te importa si nos reunimos con Bella y Mark para almorzar y luego tú y Bella podrían hacer algunas compras?"

"Ciertamente, suena perfecto". Siempre es mejor ir de compras con una amiga.

Nos encontramos en un pequeño y acogedor restaurante. Bella y Mark, una pareja maravillosa, fueron muy amables. Bella me explicó sobre la comida y sugirió qué ordenar, haciéndolo mucho más fácil para mí. Le encantaba hablar y sabía explicar las cosas con precisión. Ella siempre sonreía. Nos sentimos conectadas desde la primera visita cuando vine con Finnegan a su casa para estudiar la Biblia.

Bella y yo nos despedimos de los chicos y fuimos de compras. Tenía una lista completa de amigos y familiares que me habían pedido que les trajera algo de América. En Israel, tenemos centros comerciales muy elegantes, a los que llamamos kanyons, pero en el que Bella me llevó tenía todo y parecía una gran ciudad con muchas tiendas llenas de colores y atracciones.

Con tantas opciones, estilos, colores, restaurantes y áreas de juego, fácilmente podría haber pasado todo el día allí. Desearía haber traído más dinero, porque muchas tiendas tenían ventas. Me compré un traje por solo diez dólares.

Bella trató de averiguar sobre mi plan futuro con respecto a Finnegan. No estaba segura de si ella preguntaba en nombre de Finnegan o por curiosidad.

"Si te mudas aquí", dijo, "podríamos hacer muchas cosas juntas".

"Gracias, Bella. Me has hecho sentir muy bienvenida. Todavía no estoy segura sobre Finnegan. Creo que es un hombre bueno y piadoso".

"Sí, él es. Lo conozco desde hace muchos años. ¿Te dijo que me aconsejó cuando Mark y yo tuvimos algunos problemas entre nosotros?"

"No, él nunca ha mencionado eso".

"Realmente ayudó a salvar nuestro matrimonio".

"Eso es maravilloso. ¿Cuánto tiempo han estado casados usted y Mark?

"Serán dieciséis años este otoño".

Bella compartió sobre su vida y el abuso que sufrió en su primer matrimonio y cómo Dios transformó su vida. Hablamos de comida y ropa. No me di cuenta de que compramos durante cuatro horas hasta que Finnegan llamó.

"¿Oye dónde estás? Te extraño. ¿Vas de camino a Peculiar?

"Todavía no, pero nos dirigiremos a casa en breve".

Bella me llevó a su casa y Finnegan me recogió de allí.

La mañana siguiente fue mi último día en Kansas City. Le pregunté a Finnegan si podía cortar el pasto, como nunca lo había hecho en mi vida antes. El pequeño tractor que tenía para cortar me parecía un juguete. Me recordó la diversión de los carros pequeños que manejan los niños en Disneyland. Más tarde esa noche fuimos a cenar en la motocicleta dorada y luego observamos otra hermosa puesta de sol.

"Este ha sido un tiempo maravilloso, Vita. Te extrañaré mucho". Finnegan me abrazó con fuerza, me miró a los ojos y me preguntó:" ¿Cuándo volverás? "

"Ahora es tu turno de venir a Israel. He visto tu vida, he conocido a tus hijos y tus amigos. ¿No quieres ver cómo vivo y me encuentro con mi madre y mi hijo, Yosef? "

"Por supuesto, me encantaría visitarte en Israel y conocer a tu familia".

"Cuando vengas a Israel, te encantará. Seré tu guía y te llevaré de turismo. Será el mejor viaje de tu vida".

"Suena como un sueño. Por cierto, olvidé decirle que recibí mi pasaporte por correo hace dos días. No estoy seguro de por qué tomó tanto tiempo".

"Con un pasaporte estadounidense, no necesita ninguna visa para ir a Israel. Puedes venir y quedarte durante tres meses sin ninguna visa especial".

"No creo que pueda ir por tres meses. Supongo que noviembre o diciembre podrían funcionar, ya que las escuelas tendrán un descanso de invierno".

"Eso es genial. Entonces vendrás por Hanukkah. Son unas maravillosas vacaciones invernales de luces. Se menciona en la Biblia como la Fiesta de la Dedicación".

"Ayer, cuando te duchabas, Joseph me preguntó si regresabas. Quería saber sobre tus planes futuros. Finnegan me miró con esperanza en sus ojos. Sentí que esperaba que dijera algo sobre mis sentimientos e intenciones hacia él.

"Si Dios quiere", dije, "si hay una continuación de esta historia, el siguiente paso sería que vengas a visitar Israel".

"Joseph quiere ir al aeropuerto con nosotros mañana, si no te importa".

"No me importa en absoluto. Es un chico tan dulce y guapo. Si tuviera dieciocho años, seguramente elegiría a Joseph. Apuesto a que las chicas están locas por él".

Mi vuelo era al día siguiente a las 3:00 p.m. Me alegré de poder registrar mis dos maletas gigantes y no tendría que volver a tratar con ellas hasta la llegada a Tel Aviv.

Joseph se despidió y se quedó en el automóvil, mientras Finnegan y yo entramos en la terminal para registrar mi equipaje y registrarme para el vuelo. El check-in fue fácil y rápido. Estaba todo listo para mi vuelo. Solo tenía que decir adiós. Nos tomamos de las manos y miré a Finnegany dije, "Gracias por todo."

"Tuve un tiempo increíble contigo, Vita". Me acercó más a él y me susurró al oído: "Tú eres mi princesa y no me rendiré contigo. Planearé ir a visitarte pronto". Me besó en la mejilla. Sentí el olor de su suave colonia. Fue tan bueno estar en sus brazos.

Cuando Finnegan me llamó princesa, de repente recordé una voz interior hace unos años que me decía: "Tú eres una princesa, una hija del Rey". sAnte sonaba casi como una promesa, pero nunca le había prestado atención. Aunque sabía que, según la Biblia, era realeza en Dios y merecía un mejor tratamiento que el que antiguamente había recibido, no estaba acostumbrada a que alguien me llamara princesa. Pensé que esto solo podía suceder en un cuento de hadas, películas o sueños.

"Por favor, llámeme o envíeme un correo electrónico tan pronto como llegue a casa", dijo Finnegan, "Voy a estar orando por un viaje seguro"

Fui hacia la seguridad, mirando a Finnegan de vez en cuando. Él todavía estaba de pie allí, saludándome.

39
DE REGRESO A ISRAEL

Siempre es Bueno regresar a casa. Me encanta el aeropuerto Ben Gurion con el olor familiar del café israelí, los signos hebreos y el idioma de mi propia gente en todas partes. Es como volver a la familia, donde todo es familiar y cercano a mi corazón.

Mi madre quería ir al aeropuerto, pero la convencí de que se quedara en casa porque mi llegada era demasiado tarde por la noche. Le pedí a Rosa que se reuniera conmigo porque tenía un auto más grande. ¡Estaba preocupada por mis maletas! Entrando a un vehículo regular. Rosa planeaba quedarse en mi apartamento en la habitación de Yossef, ya que él vivía con mi madre mientras yo estaba en el extranjero.

Tan pronto como aterrizamos, llamé a mi madre para decirle que había llegado a salvo.

"Debes estar agotada". Mi madre, como siempre, se preocupa por mí.

"¡No, estoy bien! todo fue genial. Vendré a verte mañana a las 4:00 p.m. Y te cuento todas las historias. Tengo muchas fotos también. Muchas gracias por cuidar de Yosef durante este tiempo".

"Ni siquiera lo menciones. Fue mi delicia. "

" ¿Cómo estaba él? ¿Te causó muchos problemas?

"Fue realmente bueno. Me ayudó a comprar víveres cuando lo necesitaba e hizo algunas llamadas telefónicas importantes para mí cuando no entendía hebreo. No estaba mucho en casa. Ya sabes que él siempre está saliendo con sus amigos".

"Me alegra que ustedes se hayan llevado bien. Te veré mañana, mamá. Laila tov (buenas noches".

EL DESTINO

"Hice algunos sirniki (tortitas de queso rusas) para ti, así que no comas nada antes de que vengas".

"Está bien, no lo haré. Te quiero, mamá."

"También te amo".

Rosa me vio desde lejos y se acercó a mí, saludándome. Ella había perdido algo de peso y se veía diferente. Su nuevo peinado la hacía parecer atractiva. Era extraño ver a Rosa vestida con un nuevo traje azul oscuro con una camisa rosa claro, que combinaba muy bien con sus lentes rosas y su lápiz labial.

"Gracias, Rosa por venir a recogerme. Es tan bueno verte. Me encanta tu cabello, ¡y tu atuendo es impresionante!"

"Gracias Vita, ¿quieres ir al Café Joe en la playa? Están abiertos 24/7".

"Seguramente, me encanta ese lugar".

Salimos de la terminal y nos dirigimos al estacionamiento. El tiempo era maravilloso. El calor del día se había ido y el viento ligero hacía que el aire fuera muy agradable para respirar. En Israel no se necesita pagar el carrito de equipaje. Es gratis, como parte del servicio. Con mis maletas gigantes, el carrito hizo que nuestro largo paseo por la terminal fuera mucho más fácil.

Cuando llegamos al auto de Rosa, solo pudimos meter una de mis maletas en el maletero y tuvimos que poner la segunda en el asiento trasero.

"Vita, no puedo esperar a escuchar la historia de tu amigo estadounidense. ¿Cuál es su nombre de nuevo?

"Finnegan. Es toda una historia".

Le conté a Rosa sobre mi primera impresión y sobre el desastre y la motocicleta dorada.

Llegamos al Café Joe, pedimos comida y todavía le contaba a Rosa sobre mi viaje. Ella estaba asombrada.

"Ahora me preocupa que te vayas a Estados Unidos y me dejes aquí sola".

Me reí. "No voy a ninguna parte. El plan es que él venga aquí, se enamore de Israel y nosotros nos quedemos aquí".

"Entonces, ¿estás planeando casarte con este tipo?"

"No hago ninguna planificación, Rosa. Mi Dios está planeando todo para mí. No puedo cometer otro error. Debo seguir su voluntad".

"Sí tienes razón."

"Si voy a ir a Estados Unidos, debo irme dentro de un año, lo cual es absolutamente imposible".
"¿Por qué un año es una necesidad?", Preguntó Rosa.
"Porque Yosef cumplirá dieciséis años y medio el próximo junio". "¿Y qué? No entiendo."
"Incluso si fuera a viajar a Estados Unidos, nunca dejaría atrás a mi hijo, ¿verdad?"
"Por supuesto". Rosa asintió.
"Después de que Yosef tiene dieciséis años y medio, está obligado a ir al ejército y no puede abandonar el país".
"Oh, ya veo".
"Rosa, si es la voluntad de Dios, Él abrirá el mar. Esto es lo que me dijo Finnegan. Así que tengo que esperar en Dios".
"Si, tienes razón. Entonces, ¿qué vas a hacer mientras tanto?"
"No voy a hacer nada. Finnegan es un buen hombre, pero no estoy locamente enamorada. No puedo perder la cabeza y correr tras un hombre a otro país".
"¿Le hablaste sobre el matrimonio?"
"No realmente, pero es obvio que planea venir a visitarme y conocer a mi familia, tal vez en el otoño".

Rosa y yo nos sentamos en el Café Joe hasta las 2:00 a.m. y finalmente fuimos a mi apartamento. Quedaba un espacio de estacionamiento y era lo suficientemente grande como para estacionar el Honda de Rosa. Tuvimos que ir y venir tres veces desde el auto hasta mi apartamento, ya que traíamos una maleta a la vez.

No pude dormir hasta las 4:30 a.m. Seguí orando y entrenándome a ser paciente y no moverme a ningún lado. Quédate en neutral, Vita. No te dejes llevar por sentimientos o emociones.

40
LA PALABRA AMOR

Después de mi viaje, las cartas de Finnegan se volvieron más cálidas y finalmente un día, me mandó la imagen de un corazón.

Cuando hablamos por Skype al día siguiente, dije: "Gracias por el corazón. Oye, Especial, quería preguntarte si tienes algún problema con esta palabra".

"¿Qué palabra?" Preguntó Finnegan, fingiendo que no sabía de qué estaba hablando.

Sonreí, notando que estaba un poco nervioso. "La palabra amor, "dije con naturalidad.

Finnegan lucía como si lo había pillado con las manos en la masa.

"Bueno, supongo que tengo un problema con esta palabra".

"¿Te importa compartir conmigo al respecto?"

"La última vez que le dije a una mujer" Te amo ", ella me dejó. Así que ahora soy más cauteloso, porque no quiero perderte, Vita".

"Oh ya veo. Al menos ahora lo sé. Cuando me dijiste "me gustas", pensé en todos aquellos que me gustan, como compañeros de trabajo, vecinos y amigos. Me pueden gustar muchas personas, pero solo a la persona que amo, daré mi corazón y compartiré mi vida".

"Sí tienes razón. Quiero que sepas, Vita, que eres con quien me encantaría pasar el resto de mi vida. Estoy enamorado de ti y no puedo esperar para verte de nuevo".

"También tengo muchos sentimientos en mi corazón hacia ti", le dije. "Así que por favor ven pronto".

41
EN EL TRABAJO

En mi trabajo estaban renovando algunas habitaciones en la oficina, así que tuve que mudarme a una habitación más pequeña con Sandy, una dama muy educada, que hablaba principalmente en inglés, ya que era una Ola hadasha (una nueva inmigrante) de Estados Unidos. Ella sabía muy poco hebrea y solo había estado en Israel por unos meses.

Sandy hizo redes para el ministerio y ayudó a desarrollar ideas para los videos, así que tuvimos que discutir cada detalle en inglés. Fue una coincidencia interesante que durante todo el día practiqué mi inglés y aprendí nuevas palabras de Sandy.

Compartí con ella que, en el Día de los Caídos en Israel, todo el país se detiene durante dos minutos para dar honor y recordar a quienes dieron su vida por este país.

"¿Qué quieres decir con que todo se detiene?", Me preguntó.

"Todos los autos, autobuses, negocios, todos en todas partes en Israel detiene lo que están haciendo y se detiene durante dos minutos de silencio para mostrar respeto y amor a esta nación. Incluso si estás en un automóvil en una autopista concurrida, te detienes y sales por dos minutos".

"Entonces, ¿cómo sabe la gente cuándo comienzan estos dos minutos? ¿Todos ponen la alarma?

"No, la sirena suena al mismo tiempo en todas las ciudades y pueblos, en todas las estaciones de radio y programas de televisión. Es imposible perderse".

"Vita, esta sería una idea increíble para un video. La gente en el extranjero nunca ha visto algo así".

"Sandy, tienes razón, es una idea genial".

Hicimos planes para organizar este evento en el puente de

una de las autopistas más grandes de Tel Aviv. Se hicieron preparativos. Tan pronto como coloqué las cámaras, comenzó la sirena. Los carros comenzaron a disminuir la velocidad y se movieron hacia los hombros de la carretera desde ambos lados. ¡Fue un poco incómodo! Durante este tiempo especial, las personas se quedaron quietas para dar honor a los soldados caídos o las víctimas del holocausto. Me sentí como un reportero tratando de captar el momento en tiempo real.

Me las arreglé para tomar algunas fotos de cerca de algunas personas. Era una imagen poderosa para ver las emociones en sus caras. El video recibió treinta mil visitas en YouTube en solo dos días.

Me encantó trabajar con Sandy. Un día fuimos a Jerusalén para hacer un video de los territorios de Cisjordania. Esperábamos también filmar en Beit Lechem (Belén). Había tres personas en el auto: Sandy, George y yo. George era un turista de Alemania. Él había venido de visita y se ofreció como voluntario para nuestro ministerio, así que lo llevamos con nosotros a Jerusalén. El clima fue excelente para la filmación, una temperatura perfecta de aproximadamente 75 ° F, sin viento ni sol.

Tomamos algunas fotos e hicimos entrevistas en el Muro Occidental y en la ciudad de David, y luego fuimos a Belén. Justo antes del puesto de control, donde los soldados palestinos estaban parados, había un gran cartel con fondo rojo y letras blancas que decían que los israelíes no podían entrar.

George y Sandy tenían un pasaporte extranjero, pero yo solo tenía uno israelí. Tratamos de hablar con la seguridad, jóvenes altos con rifles grandes. Una soldado nos sonrió y dijo: "Lo siento, chicos, usted y usted", señaló a George y Sandy, "puede entrar, pero usted, señora", me miró, "tendrá que quedarse aquí y esperar a tus amigos."

"George, Sandy, por favor, no me dejes aquí sola", le rogué a mis amigos.

"No, tendrás que quedarte aquí con estos soldados", Sandy se burló de mí.

A pesar de que los soldados árabes parecían amigables, no me sentía cómoda estando solo con ellas. Me sentí mal que Sandy y George no pudieran entrar a Belén, por mi culpa. Qué injusto fue que a los israelíes no se les permita entrar a la ciudad donde el rey David y Yeshua HaMashiach (Jesús el Mesías) nacieron.

En octubre de 2009 tuvimos una reunión de trabajo. Oramos como de costumbre, luego discutimos y dimos informes de lo que se había hecho en cada departamento. Al final de la reunión, nuestro director financiero y el CPA anunciaron que la compañía había perdido las donaciones ese mes, por lo que tendrían que considerar recortar algunos empleos: al menos dos o tres personas deberían ser despedidas.

Al día siguiente, me dijeron que sería una de las tres personas despedidas. Esta fue una noticia devastadora. Amaba mucho mi trabajo. Era mi vida y había puesto mi corazón en cada video que había hecho. ¿Por qué yo? No podía entender cómo podían hacerme esto, sabiendo que yo era una madre soltera que trataba de mantener a mi familia por mi cuenta. No recibía ninguna pensión de Eran, mi exmarido, porque me dejó con el apartamento en lugar de ella.

Todavía debía la hipoteca por otros quince años.

Sabía que el miedo no era de Dios, pero me preocupaba. ¿Cómo iba a sobrevivir y cubrir todas nuestras necesidades? "Todas las cosas funcionan juntas para el bien de aquellos que creen en Adonai", me cité la escritura.

Mi último día de trabajo fue el 5 de noviembre de 2009. A la hora del almuerzo, organizaron una pequeña fiesta de despedida para Sandy y para mí, que fue también despedida debido a la falta de finanzas. A pesar de que sabía que todo estaba bajo el control de Dios, todavía no podía dejar de preguntarme: ¿Qué hice mal?

"Cuando una puerta se está cerrando, generalmente otra se está abriendo", dijo Sandy para animarme. Ella no tenía familia en Israel, pero tenía algunos ahorros que había traído de los Estados Unidos. Yo no tenía ahorros, excepto un poco de dinero en mi cuenta corriente, lo suficiente para sobrevivir por uno o dos meses. De acuerdo con la ley de seguridad social en Israel, si una persona ha trabajado durante más de un año y es despedida, es elegible para recibir una compensación de trabajo, un mes de salario por cada año que trabajó. Trabajé en mi trabajo durante más de dos años, por lo que obtuve una compensación de dos meses, lo cual fue de gran ayuda.

Además, tenía derecho a recibir del Seguro Social el 75 por

ciento de mi salario mensual durante seis meses. Parecía que estaba todo resuelto hasta mayo de 2010. Tenía siete meses para recuperarme y encontrar un nuevo trabajo.

Le dije a Finnegan sobre mi situación. Oramos juntos por nuevas oportunidades y más clientes privados para producciones de video. Dios me había sido tan fiel que no tuve tiempo de respirar. En poco tiempo tenía cantidad de trabajo, haciendo videos para amigos y diferentes ministerios. Incluso pude poner algo de dinero a un lado, lo cual fue un milagro.

42
UN NOMBRE HEBREO PARA FINNEGAN

Muchas personas que vinieron del extranjero para vivir en Israel tienen dos nombres, su nombre de pila habitual y su nombre en hebreo.

Al principio no pude encontrar un solo nombre hebreo que coincidiera con Finnegan. Ahora que lo conocí en persona, sabía que no podía ser, por ejemplo, Shmuel o Daniel, Pinchas o Maor. Esos nombres hebreos no coinciden con la apariencia de Finnegan.

Un día, cuando leía la Biblia, me volví hacia el libro de Rut. De repente, me di cuenta de que debía ser Boaz. Me encantó el nombre a pesar de que nunca tuve ningún amigo con este nombre, o cualquier otra persona a quien el nombre me recordara. Simplemente me sonaba bien. En ese momento, no sabía que, para algunas mujeres, el nombre Boaz representaba al hombre ideal de sus sueños.

El nombre hebreo Boaz significa "la fuerza está dentro de él". También me encantó el significado. A Finnegan le quedaba perfectamente y ya estaba establecido en mi mente que Finnegan sería mi Boaz. Ahora solo necesitaba hacércelo saber. ¿Cómo lo voy a hacer? ¿Debería escribirle un correo electrónico o sería mejor hablar con él por Skype?

Decidí que Skype sería el mejor. "Hola cariño. ¿Cómo estás hoy?", le dije cuando su foto se cargó en la pantalla de mi computadora.

Finnegan sonrió. "Estoy bien. Es tan bueno verte, princesa. Tengo algo que compartir contigo"

"Yo también tengo algo que decirte". Me gustaba ver su cara

con labios llenos y sensuales y barba de perilla alrededor de ellos.
"Está bien, Vita, dímelo tú primero".
No estaba seguro de cómo empezar. Respiré hondo y dije: "¿Notaste que casi nunca te llamé por tu nombre?"
"Bueno", hizo una pausa mientras trataba de recordar. "Probablemente tengas razón, no lo noté del todo. Me llamaste especial, cariño y matok (dulce)".
"No te llamo Finnegan porque es difícil de pronunciar y suena un poco extraño en hebreo".
"Entiendo". Él asintió.
"Encontré un nombre hebreo para ti y me gustaría dartelo, para que tengas otro nombre". Estaba un poco nerviosa.
"Hmm ... Suena interesante". Él sonrió. "Entonces, ¿qué nombre escogiste para mí?"
"Me gustaría llamarte Boaz. Me encanta ese nombre Tiene un muy buen significado también. Significa que "la fuerza está en él". También es un nombre bíblico del libro de Ruth".
"Conozco ese nombre. A mí también me gusta."
"Realmente, ¿no te importa si te llamo Boaz?" "No, no me importa en absoluto"
"Entonces serás mi Boaz". Yo estaba feliz. "Créeme", dije, "sería mucho más fácil presentarte a las personas aquí en Israel y que mis amigos y familiares lo pronuncien".
"Entiendo. Incluso en los Estados Unidos, las personas no están familiarizadas con mi nombre y generalmente me piden que lo repita cuando me presento."
"Usted sabe que muchas personas importantes en la Biblia también tenían dos nombres. Un nuevo nombre siempre trajo un cambio significativo en sus vidas".
"Sí, eso recuerdo. No me importa que mi vida cambie, especialmente si está conectada contigo, Vita".
Desde ese momento, lo llamé Boaz y fue muy fácil y natural para mí. "Boaz", traté de usar su nuevo nombre de inmediato, "dijiste que tenías algo que compartir conmigo".
"Sí, tengo una gran noticia".
"No puedo esperar para escuchar". Me emocioné.
"El domingo pasado, cuando fui a casa de Bella y Mark para estudiar la Biblia, me preguntaron por ti. Siempre lo hacen".
"Son una pareja tan increíble. Estoy en contacto con Bella de vez en cuando por correo electrónico y por Facebook ", le

dije. "Querían saber cuándo planeo visitarte. Les dije que estoy tratando de juntar algo de dinero. Ya sabes cuánto deseo ir a verte, Vita."

" Sí, lo sé. "Asentí.

"El negocio estuvo lento todo el mes y tampoco me llamaron para enseñar durante algunas semanas". Cuando se lo expliqué a Mark y Bella, me dijeron: "Ya llevas varios años viniendo a nuestra casa para ministrarnos. Has sido una bendición para nuestra familia. Cuando Bella y yo hablamos la otra noche sobre ti, nos dimos cuenta de que no te habíamos bendecido por todo el trabajo que has estado haciendo. Hemos decidido pagar tu boleto a Israel"

"Guau, Boaz, ¡esa es una noticia increíble!"

"Sí, me dieron un cheque y ya he comprado mi boleto. Estaré en Tel Aviv el 20 de noviembre".

"¡Estarás aquí en unas pocas semanas! ¡Eso es genial! Por favor diles 'shalom' y muchas gracias de mi parte a Mark y Bella".

"Te enviaré mi itinerario".

"Sí por favor. ¿Cuánto tiempo te quedarás en Israel? "

" Un mes".

"Eso es maravilloso. Voy a empezar a hacer planes para nuestro tour. Quiero mostrarte muchos lugares fascinantes en Israel. Estoy muy emocionada."

"Yo también estoy emocionado".

"Boaz, creo que el favor de Dios está con nosotros. Sabes, si todavía estuviera trabajando, no podría tomarme muchos días libres para estar contigo cuando vengas, pero ahora, como trabajo por cuenta propia, soy libre de dedicar el tiempo que quiero."

"Eso es genial. Parece que Dios lo está organizando todo para nosotros, Vita".

"¡Sí, es una gran bendición! ¡Tendremos un montón de tiempo juntos!

43
BOAZ VIENE A ISRAEL

Parece despedidas y saludos, llegadas y salidas, aterrizajes y despegues, y toda la vida en el aeropuerto siempre ha sido una gran parte de mí. Me encantó el aeropuerto israelí. Tantos recuerdos tuvieron lugar allí. Mi vida israelí comenzó aquí en 1990 y ahora, aquí estaba otra vez el 20 de noviembre de 2009, esperando que llegara mi Boaz. Compré un pequeño globo que decía: "Bienvenido a Israel".

El aeropuerto estaba lleno de gente. Cerca de diez vuelos de todo el mundo llegaron casi al mismo tiempo. ¡Tuve que esperar cuarenta y cinco minutos para que saliera Booz!

Llevaba sus botas amarillentas. ¡Oh no! Su abrigo era tan grande y parecía un saco enorme. Probablemente no sabía que en Israel tienen seguridad en todas partes. Me preocupaba que la gente pudiera pensar que era un terrorista que escondía algo debajo de su gran abrigo. El primer pensamiento que pasó por mi mente fue: "Necesito comprarle algo normal de ropa israelí".

Boaz miró a su alrededor tratando de encontrarme entre la multitud. Fui hacia él. "Shalom, Boaz, welcome to Israel."

"Vita, que bueno verte, mi princesa". Él me abrazó con fuerza y me besó en los labios. Sentí que no quería dejarme ir.

"¿Estás cansado? ¿Hambriento?" Le pregunté.

"Un poco cansado, pero está bien. Fue el vuelo más largo de mi vida. Estoy tan feliz de verte de nuevo, Vita"

Salimos hacia el estacionamiento. Ya estaba oscuro afuera y un poco de frío. Había gente, coches y autobuses por todas partes. Parecía que el mundo entero vino aquí esa noche. Escuchamos tantos idiomas diferentes. Había muchos fumadores fuera del edificio de la terminal. Boaz y yo odiamos respirar ese aire, así que intentamos pasarlos lo más rápido posible.

Yo tenía un pequeño Mazda 121 de 1997, con transmisión manual y un motor muy pequeño, pero funcionó bien y fue fácil de estacionar. Para Boaz, con sus largas piernas, era demasiado pequeño.

"Boaz, no solo tendrás que encajar aquí, sino que, a partir de mañana, también necesitarás conducirlo", le dije con una sonrisa. "Sí, lo sé. Todo bien". Movió el asiento del pasajero y lo reclinó todo lo que pudo. Tan ponto se instaló en el asiento, empezamos a conducir por la carretera.

"Tengo que decirte, Boaz, que conducir en Israel es diferente de lo que estás acostumbrado en los Estados Unidos. Tendrás que aprender algunas reglas nuevas"

"Hmmm, ¿qué tipo de reglas?" Boaz pareció sorprendido.

"Por ejemplo, a los israelíes les gusta tocar la bocina".

"¿Por qué?"

"Sobre todo porque son impacientes, también porque algunas personas" duermen "mientras conducen en la carretera, por lo que necesitan un reloj de alarma." Sonreí, mirando la cara de Boaz. Estaba confundido y no sabía si estaba bromeando.

"Bueno, tendrás que enseñarme todas las reglas, Vita. Esto seguramente me suena peculiar".

"Sí, nunca debes hablar por teléfono mientras conduces, a menos que seas realmente rico".

"¿Qué quieres decir? ¿Los ricos pueden hablar por teléfono y los pobres no pueden? "

"La gente rica puede permitirse pagar la penalidad de 1,500 shekels".

"Oh, ya veo", se rió. "¿Algo más?"

"Sí, es importante recordar que no puedes girar a la derecha en una luz roja como lo haces en Estados Unidos"

"Oh, Guau, tendrás que recordarme esto cuando estemos en la carretera".

"Puedes girar a la izquierda solo en la señal de giro a la izquierda".

"¿Algo más?"

"Sí, hay peatones en todas partes y debes darles preferencia a ellos".

"¿Quieres decir que no puedo simplemente atropellarlos?"

Bromeó.

"Boaz, hablo en serio. Puede que todo suene fácil, pero puede ser abrumador. Algunas personas ni siquiera miran, sino que saltan justo delante de tu auto y usted necesita lidiar con eso".

"Eso está bien, Vita. ¡Lo seré!"

"Espero que puedas descansar bien esta noche". "Sí, gracias".

"Te doy mi habitación y mi cama, Boaz, para que te sientas cómodo".

"¿Guau, voy a dormir en tu cama? Eso suena genial. Él sonrió.

"Yosef tiene una pequeña habitación separada y estaré en la sala de estar. Te dije que mi departamento es muy pequeño. No creo que te puedas imaginar lo pequeño que es. Cuando Yosef y Julia eran pequeños, siempre pedían por su cumpleaños que nadie les trajera un juguete grande, porque no podrían encontrar un lugar para él".

El tráfico era malo. A las 6:30 p.m. la gente todavía regresaba del trabajo. Podíamos ver las grandes torres de Tel Aviv desde muy lejos.

"Boaz, ¿quieres que conduzca por la playa para poder mirar el mar? Tardará un poco más, pero será una vista más bonita".

"Si seguro. ¿Siempre es tan pesado el tráfico aquí?"

"Sí, la mayoría de las autopistas principales están siempre muy llenas, especialmente durante las horas pico".

"Veo."

"Boaz, cuando lleguemos a casa, verás mi calendario donde he escrito todos los sitios que planeo mostrarte. Aunque Israel es un país muy pequeño, está lleno de lugares increíbles y no habrá tiempo suficiente para verlo todo".

"¿Con qué frecuencia vas a Jerusalén?"

"No voy allí a menudo. Era difícil encontrar tiempo extra, porque trabajaba a tiempo completo".

"Estoy tan emocionado, Vita. Gracias por arreglar todo para mí. Me siento tan bendecido."

"Es increíble que ayer estuvieras en mi pantalla en Skype y ahora estés aquí, mi verdadero Boaz".

"Joseph estaba celoso. 'Me gustaría poder ir contigo', me dijo ayer cuando me llevó al aeropuerto".

"¿No necesitas llamarlo y decirle que llegaste bien?"

"Sí, lo llamaré desde tu casa. ¿Qué tan lejos está? "

" Por lo general, son solo veinte y cinco minutos del aeropuerto, pero durante la hora punta toma el doble de tiempo. Boaz, conocerás a mi Yosef mañana, porque esta noche fue a la fiesta de cumpleaños de un amigo. Probablemente llegará a casa cuando ya estés en la cama".

"Vita, le traje las zapatillas que quería y algunos otros pequeños regalos".

"Gracias. Aquí en Israel, un par de zapatos así, para correr, cuestan una fortuna. Mañana, si te sientes bien, me encantaría llevarte a Mini Israel. Es un parque lleno de réplicas en miniatura de los sitios arquitectónicos y religiosos más importantes de Israel".

"¿Dónde está eso?" Preguntó Boaz.

"Es en El trun, a unos treinta minutos de mi casa. Es fácil llegar allí".

"Suena genial."

Finalmente, llegamos a mi edificio de apartamentos. "Tengo malas noticias", le dije.

"¿Qué pasó?"

"Todos los lugares de estacionamiento están ocupados".

"Entonces, ¿qué es lo que normalmente haces cuando no hay espacios disponibles?" "Primero, oro, luego doy vueltas y verifico si alguien se fue"

Boaz comenzó a orar: " Dios ayúdanos ..."

Di la vuelta a varias cuadras.

"Aquí está. ¿Puedes meterte aquí?" Boaz señaló el lado derecho de la carretera.

"Probablemente pueda, pero está demasiado lejos de la entrada.

Sería un largo camino para sacar sus maletas".

"Sí, eso es correcto".

"Veo uno por allí". Señalé mi dedo hacia el coche que acababa de encender las luces. "Creo que se están yendo".

Esperamos unos minutos y luego aparqué el coche. "Alabado sea Dios, este está realmente cerca. Siempre me sorprende cómo

Adonai es fiel incluso en pequeñas cosas ", dije sonriendo.

Boaz se veía tan diferente de todos. Todos los vecinos lo

notarían de inmediato. Nos llevamos las maletas a mi apartamento.

"Es un lugar muy lindo, Vita, pequeño pero acogedor". "¿Te gusta?"

"Si, me encanta. Tienes buenos muebles de madera maciza".

"Boaz, ¿notaste que mis ventanas dan a un pequeño parque? No tengo ningún edificio justo frente a mí, lo que es una gran ventaja".

"¿Es esa otra habitación?" Boaz señaló a la esquina izquierda. "Sí, esa es la habitación de Yosef. Es muy pequeña, solo mide seis por ocho pies, pero tiene dos ventanas pequeñas, lo que ayuda mucho tener una buena brisa en verano.

"Todo está muy bien organizado". Boaz miró a su alrededor con interés.

"Mi habitación también es pequeña, pero no oirás mucho ruido del exterior".

"¿Trabajas regularmente en tu habitación? Veo que tu gran computadora está aquí".

"Sí, pero me gustaría tener una habitación extra para usar como oficina, por lo que no tendría que tenerla en mi habitación".

"¿Es este un sofá plegable?"

"Sí, normalmente lo doblo todas las mañanas, pero no es necesario que lo hagas, ya que no estaremos en casa mucho". Estaremos viajando y haciendo cosas divertidas juntos".

Boaz estaba agotado. Se quedó dormido en la silla grande de la sala de estar, mientras que yo estaba lavando algo de fruta.

"Oye, cariño, será mejor que te acuestes y descanses bien para mañana", le dije.

"¿Puedo darme una ducha?" Preguntó Boaz. "Sí, te he calentado agua y aquí están tus toallas".

"Oh, ¿no siempre tienes agua caliente en tu apartamento? "

"Tengo una caldera solar, por lo que siempre tengo agua caliente cuando hace sol, pero en invierno necesito usar un calentador eléctrico, ya que no tenemos mucho sol y los días son más cortos".

Boaz salió de la ducha vistiendo su larga túnica. Nos besamos buenas noches y se fue a su habitación.

44
MINI ISRAEL

Por la mañana preparé unos blinches, tortitas rusas que saben un poco como crepes.

A Yosef le gustaban para desayunar. Él finalmente se despertó cuando ya estábamos sacando cosas al auto.

"Shalom, Yosef, es un placer conocerte". Boaz sacó su mano para estrecharla.

"Shalom", Yosef no se veía tan feliz, tal vez, porque llegó tarde a casa y no durmió mucho.

"Tengo algo para ti, solo un segundo." Boaz fue a su habitación y trajo una bolsa con los zapatos para correr, una hermosa camiseta de baloncesto azul y blanca, algunos imanes, dulces y chicle.

"Gracias", dijo Yosef. Sus ojos brillaron cuando vio los zapatos. "Yosef", dije, "vamos a ir a Mini Israel. ¿Tal vez te gustaría venir con nosotros? Podemos esperar por ti ", le pregunté con esperanza. Quería que él conociera mejor a Boaz.

"No, ya he planeado reunirme con mis amigos". "¿Cuándo volverás a casa?", Le pregunté. "No lo sé. Tenemos una fiesta de Hanukkah esta noche".

"Está bien, Yosef, por favor mantente en contacto. Hay schnitzels (pollo frito cocinado a la manera israelí) en la nevera y un poco de arroz amarillo. Simplemente póngalos en la sartén o en el microondas.

"Está bien, gracias, mamá".

El clima era frío pero soleado. Había mucha gente en el Mini Israel Park. Tomamos fotos, fuimos a cada miniatura y leímos los signos interesantes, que nos contaron la historia de cada lugar.

Nos cansamos un poco y nos sentamos en un banco en una de las esquinas del parque. La gente se iba, ya que estaba oscureciendo. El parque se veía hermoso con la puesta de sol.

Boaz me abrazó y me susurró: "Te amo, Vita. Me gustaría pasar el resto de mi vida contigo".

El sol todavía brillaba entre los árboles. Me sentí tan segura en los brazos de Boaz. Su cara estaba cerca de la mía, me encantaba el olor de su colonia y el toque de su barba.

"¿Podemos ir a la miniatura del Muro Occidental de nuevo?", Dijo Boaz, levantándose del banco.

Fuimos a la zona de Jerusalén del parque.

"Esta miniatura se ve realmente hermosa con las luces". Le dije a Boaz: "Sé que todavía no puedes comparar con el verdadero Kotel (el Muro de las Lamentaciones en Jerusalén), pero créeme, lo hicieron parecer mucho a lo real."

Llegamos a la miniatura del Muro Occidental, donde las pequeñas figuras de judíos religiosos todavía se movían y rezaban en la pared, balanceando de un lado a otro y levantando sus manos.

"Boaz, espero que hayas disfrutado nuestro primer día de turismo". "Sí, fue maravilloso".

"Se está poniendo frío. Será mejor que nos vayamos a casa — dije, tirando la capucha de mi abrigo sobre mi cabeza.

"Espera un momento. Tengo algo para ti. Quería dártelo en la Jerusalén real, pero no puedo esperar." Se metió la mano en el bolsillo derecho y sacó una caja muy pequeña.

Un hermoso anillo de diamantes brillaba bajo las luces de la mini Jerusalén.

"Vita, ¿te casarás conmigo?"

¡Oh Dios mío! Absolutamente no estaba preparada para esto y probablemente tomé una pausa muy larga antes de responderle.

Un millón de pensamientos pasaron por mi mente en ese mismo momento. Seguramente, debo decir que sí, pero esto es imposible. ¿Cómo podemos estar juntos si él está en América y yo estoy aquí? Si digo que no, me estaría mintiendo a mí misma. Ya tengo amor en mi corazón por este hombre y, en realidad, esperaba que me lo propusiera.

Finalmente, decidí que, si no funcionaba, solo le devolvería este hermoso anillo.

Le dije: "Sí, me encantaría tenerte como mi esposo".
El anillo quedaba perfectamente en mi dedo.
"Boaz, esta es la joyería más hermosa que he tenido. Me encanta."
Nos abrazamos y nos dirigimos hacia la salida tomados de la mano. Volví a mirar a mi nuevo anillo. Me sentí feliz y amada.

45
VIAJE A JERUSALEN

Al día siguiente, llamé a Fruma, mi amiga, quien durante años me había estado aconsejando y ayudando a superar todos los problemas de mi vida. Ella siempre fue un estímulo para mí. Le conté sobre Boaz y todo lo que estaba pasando en mi vida. Ella estaba tan feliz por mí cuando le dije que ya estábamos comprometidos y que nos gustaría hacer una consulta matrimonial lo antes posible.

"Sólo tenemos un mes para hacerlo", le dije.

"Oh, mi querida Vita, esta es una buena noticia. No puedo esperar a conocer a tu Boaz. Espera, déjame hablar con Bob sobre su horario. Por lo general, hacemos consejería matrimonial juntos".

"Bueno."

Volvió al teléfono y dijo: "¿Qué harás mañana?"

"Tenemos muchos planes diferentes para turismo, pero somos flexibles y podemos adaptarnos a tu horario".

"¿Ya has estado en Jerusalén?" Preguntó Fruma. "Aún no."

"Genial, podemos llevarte a Jerusalén mañana. Bob conoce muy bien las carreteras y los lugares más fáciles para estacionar. Él es un guía increíble y le encanta hacerlo".

"Eso sería maravilloso. Podemos ir a tu casa alrededor de las 10:00 a.m. más o menos. ¿Eso funcionará?"

"Si vienes antes, prepararé el desayuno y comeremos juntos alrededor de las 9:00 a.m. y luego nos iremos a Jerusalén. Cuando vengas, veremos más de cerca nuestros horarios y veremos qué días podemos reunirnos con ustedes para el asesoramiento matrimonial".

A la mañana siguiente, llegamos a la casa de Fruma y Bob a

las 9:00 a.m. Vivían a unos cuarenta y cinco minutos en coche de mi casa.

Su casa era muy grande y única, con muebles antiguos y un enorme armario abierto lleno de libros. La acogedora mesa redonda en la cocina ya estaba preparada para los cuatro. Había estado en esta casa muchas veces y me encantaba el ambiente tranquilo de allí. Fruma y Bob fueron un perfecto ejemplo para mí de cómo se suponía que debía ser un matrimonio. Siempre fue un placer ver su afecto el uno por el otro, incluso después de tantos años juntos. Eran amables uno con el otro y con las personas que los rodeaban. Estaba segura que podrían darnos buenos consejos sobre nuestra situación y guiarnos hacia nuestro futuro matrimonio. Tuvimos un delicioso desayuno israelí, verduras frescas, algunos huevos, sabroso pan ruso, queso blanco y amarillo, algo de aguacate y salmón ahumado.

Planeamos cinco citas con Fruma y Bob para nuestra consejería matrimonial.

"Este tipo de asesoramiento por lo general requiere más que solo cinco reuniones", Fruma nos dijo a Boaz y a mí, "pero como no tienes suficiente tiempo, tendrás que hacer mucha tarea".

"Prometemos ser buenos estudiantes", le dije sonriendo a Boaz. "Sí, lo haremos", confirmó.

Después del desayuno, subimos al auto de Bob y nos dirigimos a Jerusalén. Fruma y yo nos sentamos en el asiento trasero. Bob conducía y Boaz estaba en el asiento del pasajero delantero. Mientras que los chicos hablaban todo el tiempo sobre aviuerteones y motocicletas, Fruma y yo hablamos sobre los futuros planes de boda.

El clima era frío, pero el sol estaba fuerte y haciendo que el aire se sintiera placentero y semi caliente. Después de un rápido recorrido por Jerusalén, la Ciudad de David, el Monte de los Olivos y Kotel (El Muro Occidental), fuimos a un pequeño restaurante en la Ciudad Vieja de Jerusalén.

Me alegró ver lo bien que fluyó nuestra conversación. Parecía que Boaz encajaba muy bien. Hablamos sobre el Oriente Medio, la historia y la política. Me impresionó que Boaz estuviera tan bien informado en todos los temas.

Añadimos otro día maravilloso a nuestras memorias.

46
LA SORPRESA DE MAMA

En la mañana, llamé a mi mamá y le conté las noticias sobre mi compromiso. Ella estaba tan feliz de escuchar eso. Había conocido a Boaz a través de Skype muchas veces y sabía todo sobre mi viaje a Kansas City en junio. Mi madre y yo estábamos muy unidas y compartíamos nuestras historias personales.
"Vita, también tengo que compartir algo contigo." "Está bien".
"¿Sabes lo que hizo tu padre antes de morir?"
"¿Qué hizo?", Le pregunté.
"Publicó un anuncio en una revista rusa gratuita".
"¿Qué anunció?"
Le pregunté con aprensión.
"Él me anunció."
"¿Qué? No entiendo."
"Tu padre publicó un anuncio que decía: 'Una mujer hermosa de sesenta y cinco años, en busca de un hombre decente para una relación seria', y dejó mi número de teléfono".
"¡Mamá, no puedes estar hablando en serio! ¿Por qué haría una cosa así? "Esta fue una noticia impactante para mí.
"Supongo que él sabía que no estaría aquí y quería que no estuviera sola".
"GuauGuau, ¿no es eso algo?"
"Sí, tu padre realmente era un hombre muy especial".
Las lágrimas llenaron mis ojos. Extrañaba a mi papá tremendamente.
"Entonces, mamá, ¿recibiste alguna llamada telefónica de esto?", Le pregunté.
"Sí, tuve una treintena de llamadas telefónicas".

"GuauGuau, eso es impresionante. Mamá, ¿por qué no me dijiste esto antes? Por lo general no puedes guardar ningún secreto"

"Vita, ahora, después de que hayas compartido conmigo estas noticias especiales sobre tu compromiso, quiero decirte que también conocí a un hombre a través del anuncio de tu padre. Su nombre es Arkadi. Ya llevamos unos meses comunicándonos. Él también me propuso justamente hace dos días.

"¿Hace dos días? ¡Oh, Dios mío! Mamá, ese es el mismo día que Boaz me propuso".Comencé a llorar.

"¿Tú y Boaz vendrán esta noche a cenar como lo planeamos?"

"Sí, mamá, estaremos allí alrededor de las 6:00 p.m."
"¿Vendrá Yosef?"

"Yo espero que sí. Le preguntaré."

"Eso es genial. Arkadi estará aquí esta noche, para que puedan encontrarse con él".

"Mamá, estoy tan emocionada por ti. Todavía no puedo tragar el hecho de que papá puso ese anuncio para ti antes de morir.

"También estoy emocionada por ti, cariño". Mi mamá sonaba muy relajada y contenta.

"Te mostraré mi anillo, mamá. Es tan hermoso". " Entonces, ¿cuándo se mudará Boaz a Israel?"

"Mamá, esto es muy complicado. Hablaremos de ello cuando lleguemos esta noche, ¿de acuerdo?"

"Bueno. Te veremos entonces".

Fui a la cocina, sonriendo, pero todavía secándome las lágrimas.

"¿Qué pasó?" Yosef me preguntó, saliendo de su habitación.

"Yosef, ¿vendrás esta noche a la casa de tu abuela? Recuerda, ella nos invitó a todos a cenar.

"No puedo venir. Tengo baloncesto esta noche. —¿Quizás puedas venir después del juego?

"Tal vez. No puedo asegurarlo. Lo intentaré". Yosef me miró y preguntó:" ¿De dónde sacaste este anillo? "

Había planeado contarle sobre mi compromiso, pero aún no había tenido una oportunidad. Me impresionó que notara el anillo. "Mamá, ¿te lo propuso?" Preguntó Yosef, mirando directo a mis ojos

"Sí, lo hizo."

"¿Dijiste que sí?" El tono de Yosef sonaba como si fuera mi manager. Él estaba enojado.

"Sí, dije que sí. ¿Por qué estás tan molesto?

"¿Por qué no me lo preguntaste?" Yosef sonaba traicionado.

"Nunca supe que cuando un hombre le propone a una mujer que se case con él, ella debe pedirles permiso a sus hijos antes de decir que sí. Yosef, cariño, entiendo que esto no es fácil para ti".

"No me importa". Yosef estaba enojado.

Durante los pocos días que Boaz estuvo aquí, Yosef parecía infeliz. Dijo que no entendía inglés cuando Boaz trató de hablar con él.

"¿Por qué te comportas de esta manera?" Le pregunté: "No conoces a Boaz. ¿Por qué no le das una oportunidad? Él es un hombre muy bueno. Él ama a los niños y ha criado a tres hijos solo. ¿Por qué eres tan hostil cuando trata de hablar contigo?

"No tengo ganas de hablar con él".

"Yosef, esa no es la actitud correcta. No necesitas amarlo, pero ¿puedes ser amable? "

"Está bien!, No. Me voy ahora."

"¿A dónde vas? ¿Qué hay de tu desayuno? "" No tengo hambre". Se puso la camisa, agarró su celular

telefoneo y salí.

Mi corazón se sentía pesado. Sabía que era difícil para Yosef verme con otro hombre que no era su padre.

Qué mañana, me dije. No sé cómo, pero si Dios quiere, de alguna manera todo funcionará bien.

47
VISITANDO A MI MAMA

Boaz y yo fuimos a la playa, que estaba a solo cinco minutos de mi casa. Las olas en el mar Mediterráneo eran enormes y muy bonitas, enroscadas y llenas de crestas blancas. Caminamos por la playa mientras el viento soplaba en nuestras caras. Las hermosas palmeras se balanceaban de un lado a otro, casi como si nos estuvieran diciendo: "Sí, sí, sí". La vista fue espectacular.

Por lo general, durante el verano, el paseo marítimo estaba lleno de gente, pero ese día estaba tranquilo y no estaba abarrotado. "Me gusta este lugar", dijo Boaz.

"Yo también". Asentí.

"Entonces, ¿cómo suele casarse la gente aquí en Israel si uno de los cónyuges no es judío?", Preguntó Boaz.

"Por lo general, van a Chipre y se casan allí. Las autoridades en Israel aceptan certificados de matrimonio desde allí. "" Vita, ¿quieres ir a Chipre la próxima semana y conseguir casarnos allí?

"La próxima semana?" Me reí.

"¿No quieres ser mi esposa la próxima semana?"

"Esto sería increíble, pero ¿qué harías conmigo después de eso?"

"Te llevaré conmigo a América".

Le conté a Boaz sobre mi conversación con Yosef esta mañana.

"Sí, Vita, noté que a él le está costando mucho aceptarme. Ojalá pudiéramos pasar más tiempo juntos, pero parece que está muy ocupado con sus amigos y los deportes".

"Creo que está celoso", le dije a Boaz.

"Es muy común que los niños reaccionen de esta manera. Él siempre recibió toda tu atención de parte de ti y, de repente, me estoy quitando parte de él".

"Boaz, pero nunca podría ir a Estados Unidos si Yosef no viniera conmigo. Lo entiendes, ¿verdad? "

"Conozco Vita, y entiendo. Tendremos que confiar en Dios".

"También tengo otras noticias que contarte". Compartí con Boaz sobre mi madre y cómo conoció a Arkadi.

"Eso es increíble, Vita, y por cierto, esa ya es una de las señales".

"¿Que señales?"

"¿Recuerdas que me dijiste que no podías dejar a tu madre aquí porque está sola? Parece que ella ya no estará sola. Esta es una gran noticia."

"Hmmm ... tienes razón".

Boaz puso su brazo alrededor de mis hombros y dijo: "Tengo muchas ganas de conocer a tu mamá esta noche".

"La amarás. Ella es una madre tan increíble, una verdadera Yiddishes mamá" (madre judía).

Justo antes de ir a casa de mamá, le di a Boaz una breve lección de ruso. "Spacibo significa 'Gracias'. Puedes usar esta palabra en cualquier momento que no sepas qué decir". Él sonrió.

Mi mamá nos abrió la puerta con una gran sonrisa. "Shalom, Boaz".

"Shalom, Paulina, kak de la?" (How are you?) Boaz dijo en ruso y en hebreo exactamente como le enseñé. Se dieron un gran abrazo.

Mi mamá me miró y me preguntó: "¿Habla ruso?"

"Solo sabe unas pocas palabras. Traduciré del inglés al ruso y viceversa."

"Está bien, genial".

"Espero que tengas hambre", dijo mi mamá, trayendo otra ensalada a la mesa.

"Mamá, ¿dónde está tu nuevo amigo?"

"Arkadi debería

estar aquí en cualquier momento. Vita, por favor dile a Boaz que no sea tímido y que se sienta como en casa".

"¿Viene Yosef?", Preguntó mi mamá.

"Dijo que intentará venir después del juego", le contesté.

"Bien", dijo mi mamá, mientras trataba de acabar con todos

los preparativos.

"Mamá, aquí está el anillo, mira." Extendí mi mano.Guau "¡Guau! Bien, bien", le dijo a Boaz, señalando mi mano con el anillo".

Boaz sonrió y dijo: "Spacibo".

El timbre de la puerta sonó.

"Está abierto," Mi mamá dijo en voz alta.

Un hombre alto y elegante con el pelo gris estaba en la puerta. "Shalom".

Mi madre se apresuró hacia la puerta y dijo: "Por favor, conoce a mi amigo Arkadi".

Di un paso adelante, extendiendo mi mano. "Encantado de conocerte, Arkadi."

"Esta es mi hija, Vita", dijo mi madre.

Arkadi me sonrió. "Te pareces mucho a tu bella madre".

"Gracias."

Boaz y Arkadi se dieron las manos y nos sentamos a la mesa. Hablamos de comida, de América, de Dios y de la religión. Fue una noche maravillosa y me sentí como en una verdadera familia. Me gustó mucho Arkadi. Tenía una personalidad tan amable y se veía muy fuerte y varonil aun a su edad. Me di cuenta enseguida que estaba locamente enamorado de mi madre. Deseaba que Yossef apareciera, pero no lo hizo.

Mamá y Arkadi dijeron que habían planeado una fiesta de compromiso en dos semanas.

"Ahora que tenemos dos parejas comprometidas", dijo mi mamá, sonriendo, "necesitamos tener una doble fiesta. Mataremos dos pájaros de un tiro. "

"Mamulya, no me importa tener una fiesta, pero aún no sabemos cuándo y, en todo caso estaremos juntos".

"¿Qué quieres decir? Boaz quiere casarse contigo, ¿no es así?"

"Sí, mamá, él quiere casarse conmigo incluso la próxima semana, pero hacer los documentos del matrimonio es fácil. La pregunta es qué haremos después de eso".

"¿No quiere venir a vivir a Israel?"

"Sí, él quiere, pero en este momento no puede. Su plan es llevarme a Estados Unidos al menos por un año o dos".

"Vita, veo que él es un buen hombre y que es lindo! Se ven muy bien juntos, y me gusta."

EL DESTINO

"Mamá, lo amo y quiero estar con él, pero ¿qué debo hacer con respecto a Yosef? Nunca dejaré a mi hijo solo porque conocí a un buen hombre. Sólo tiene dieciséis años y me necesita"

"Entiendo. Tú y Boaz han estado en contacto por más de un año. Quiero que seas feliz, Vita. Aunque te extrañaré terriblemente, creo que deberías considerar ir a Estados Unidos".

"Mamá, no tengo el shalom en mi corazón acerca de ir. Amo Israel. Esta es mi casa. Me siento tan dividida. Por un lado, realmente quiero casarme y finalmente vivir con un hombre piadoso, pero, por otro lado, siento que pertenezco aquí en Israel".

Compartí con mi madre lo enojada que estaba con Yossef por haberle dicho que sí a Boaz.

"Vita, esta sería una gran oportunidad para que Yossef vaya a Estados Unidos para estudiar inglés y conocer nuevos amigos".

"Así es como lo vemos tú y yo, pero no es así como lo hace Yosef".

"Vita, intenta hablar con él".

"Lo haré. Es difícil atraparlo. Él nunca está en casa. "

"Lo sé. Está en esa edad loca".

"Mamá, ¿yo era tan mala cuando era adolescente?"

"Tú tampoco querías escuchar a nadie y te comportarte como si supieras todo en la vida". Nos reímos.

"Mamá, ¿cuándo termina esta edad? ¿Cuándo recuperan los adolescentes su cerebro?

"Depende. Yosef es un buen chico. Hablaré con él."

Se estaba haciendo tarde. Boaz todavía estaba luchando con el jet lag y tenía sueño, así que nos fuimos a casa.

48
FIESTA DE COMPROMISO

Durante este breve mes, mientras Boaz estaba en Israel, habíamos hecho muchas grandes giras juntos. Fuimos al norte de Israel, pasamos un tiempo en el Mar de Galilea, visitamos Nazaret, Tiberíades, Haifa y subimos a la cima del Monte Tabor.

Combinamos el turismo con amigos y familiares visitantes, así como nuestra asesoría matrimonial con Fruma y Bob.

Nos dirigimos a Eilat, la ciudad más al sur de Israel que se encuentra en el Mar Rojo, y luego visitamos a unos amigos en Arad, una ciudad que se encuentra en el desierto entre Beer Sheva y Eilat. Pasamos un día en el Mar Muerto y visitamos muchos otros lugares hermosos en Israel.

Fue una gira interesante y un momento maravilloso para Boaz, así como para mí. Aunque había vivido en Israel durante veinte años, nunca había visitado algunos de los lugares antes. Uno de ellos fue el Parque Agamon Hula, situado en el corazón del Valle de Hula. Es un lugar prominente para observar aves. En el parque pudimos ver diferentes aves, así como otros animales, según las estaciones.

Un lago mágico en el corazón del sitio permitía experimentar la naturaleza sin jaulas o particiones. Alquilamos un carrito de golf y recorrimos los senderos únicos del parque entre frutales y vías fluviales.

Mi hija Julia tenía sus vacaciones de invierno así que vino de Seattle a visitarnos. Ella creció y fue a la escuela en Israel, así que tenía muchos amigos allí. Ella venía a casa todos los años en diciembre para vernos y salir con sus amigos. Fue un momento perfecto para que ella viniera a conocer a Boaz. Ella hablaba muy bien el inglés, así que no había ninguna barrera de

EL DESTINO

idioma. No estaba segura de cuánto le gustaba o le disgustaba Boaz a Julia, pero parecía feliz por mí cuando escuchó que Boaz me había propuesto.

La fiesta de compromiso fue en un restaurante ruso donde la gente normalmente no solo comía, sino que también tenía música y bailes. Invité a unos pocos amigos cercanos, Lena y León de Haifa, Rosa y su nuevo novio y algunas personas de nuestra congregación. No quería hacer mucho al respecto, ya que todavía no sabía cómo funcionaría todo.

Yosef vino e incluso accedió a bailar conmigo, lo cual era inusual. Él y Julia estaban felices de verse y se lo pasaron muy bien hablando y riendo juntos. Le di a Yosef mi cámara grande, por lo que estaba tomando muchas fotos.

En la fiesta nos sentamos junto al hermano de mi madre, el tío Nick, quien había hecho aliya (inmigración) a Israel desde los Estados Unidos tres años antes. Se adaptó al clima y la atmósfera israelíes muy rápido y disfrutaba de su nueva vida en Israel. Había comprado un hermoso apartamento en la playa del Mar Mediterráneo, se había vuelto a casar y a su hobby de tocar el saxofón. Boaz y Nick hablaron sobre la transición de Nick de Estados Unidos a Israel. Esperaba que la historia de Nick animara a Boaz y, quizás, pusiera en su corazón el deseo de venir a vivir a Tierra Santa.

Mamá y Arkadi invitaron a unas cuarenta y cinco personas, así que el restaurante estaba lleno. Había mucho ruido. La comida era tan deliciosa y más de lo que podíamos comer, como siempre en las fiestas rusas. Muchos de los invitados pronunciaron brindis y desearon a ambas parejas felicidad y prosperidad. Canté una canción dedicada a mi mamá. Esta fue la primera vez que Boaz me escuchó cantar en vivo. Dijo que sonaba maravilloso.

Cuando empezó la música lenta, Boaz me invitó a bailar. Este fue nuestro primer baile juntos. Tanto Julia como Yossef nos estaban observando.

Me alegré de que la atención principal estuviera en mi madre y en Arkadi. Fue tan curativo ver a mi mamá feliz. Ambos brillaban con amor.

49
HABLANDO CON JOSEPH

Este mes corrió muy rápido. El vuelo de Boaz fue en tres días. No quería que se fuera.

Casi todos los días Boaz y yo íbamos a la playa temprano en la noche para caminar por el mar y observar la puesta de sol.

Una noche, finalmente convencí a Yosef para que se reuniera con nosotros en un restaurante, donde vendían muchos tipos diferentes de helados y hacían yogurt congelado desde cero con una variedad de frutas, nueces y chocolates. ¡Sabroso!

Elegimos una pequeña mesa en la esquina del restaurante con tres sillas cómodas y nos sentamos allí disfrutando de nuestros postres. Yosef se negó a hablar inglés, así que estaba traduciendo al hebreo.

"Yosef, planeamos ir a un museo en Holón mañana. Tu mamá dice que es una experiencia muy interesante para todas las edades. ¿Quizás te gustaría venir con nosotros? Boaz trató de iniciar la conversación.

"Sí, "Yosef", dije, "sería genial si pudiéramos pasar más tiempo juntos. Sabes que Boaz se irá dentro de unos días"

"No, no puedo ir. Mi amigo Tom cumple años. Queremos ir a comer pizza. Mamá, ¿puedes darme veinte siclos?" shekels

"Bueno. Boaz y yo queremos hablarte sobre el futuro ", dije.

"Yosef, probablemente te habrás dado cuenta", Boaz comenzó su discurso: "tu madre y yo nos hemos estado comunicando todos los días durante más de un año".

"Sí, lo sé."

"Nos amamos y nos gustaría vivir juntos y formar una familia".

"Entiendo", dijo Yosef seriamente.

"En este momento, no tengo la posibilidad de venir a vivir a Israel, por lo que me gustaría que tú y tu madre vinieran a vivir conmigo en Estados Unidos durante al menos uno o dos años".

"De ninguna manera, no voy a ir a ninguna parte fuera de Israel. Tengo todos mis amigos aquí. En cuanto a mí, la mejor solución para ustedes sería olvidarse el uno del otro".

"Yossef, ¿por qué hablas así?" No estaba contento con lo grosero que era su tono.

"Mamá, puedes irte, pero me quedaré aquí. Puedo quedarme con mi papá".

"No puedes. Hablé con él sobre eso. Dijo que le encantaría tenerte, pero en este momento no tiene espacio para ti".

"Me puedo quedar en la casa de Maor. A su papa le encantaría que me quedara con ellos.

"Yosef, mi querido, la única persona con la que podrías quedarte es tu padre, pero me gustaría que consideres venir conmigo. Es mucho más fácil estudiar en América. Conocerás nuevos amigos, aprenderás a conducir y obtendrás tu licencia de conducir allí. En Israel, es muy caro. Aprenderás bien el inglés y tendrás una opción sobre el ejército. Podríamos visitar a Julia en Seattle con más frecuencia. Así que, por favor, piénsalo". Traté de convencerlo de que al menos fuera razonable al respecto.

"No quiero considerar nada. No voy a ir a Estados Unidos. Esto es final, y, por favor, no vuelvas a hablarme de eso otra vez". Yosef se levantó y comenzó a ir hacia la salida.

"Yosef", traté de detenerlo, "¿a dónde vas? No hemos terminado de hablar".

"Tengo que irme."

Regresé a la mesa y no supe qué decirle a Boaz. Yo había predicho que no funcionaría. Sabía cómo Yossef sentía y entendía sus sentimientos. Israel era su hogar. Nació aquí, creció y conoció a sus amigos aquí. Quien, si no yo, sabía tan bien lo difícil que es dejar tu hogar ... Mi corazón se rompió.

"¿Qué estás planeando hacer, Vita?" Boaz preguntó con tristeza. "No tengo idea. Él no es un niño pequeño. No puedo llevarlo a América por la fuerza. Tampoco puedo dejarlo atrás".

" Sí, por supuesto, lo entiendo totalmente".

50
EN EL AEROPUERTO DE TEL AVIV

El vuelo de Boaz era tarde en la noche. El maravilloso aroma del café israelí, muchas caras diferentes de todas partes del mundo, el mismo tema de la rutina del aeropuerto conmovió y volvió a activar todos mis sentidos una vez más.

Registramos las maletas de Boaz. Todavía teníamos tiempo para sentarnos juntos en un pequeño restaurante en sillas cómodas y suaves y tomar una copa. Ambos estábamos tristes y no sabíamos cuándo nos volveríamos a ver. Acercamos nuestras sillas más juntas una a la otra. Puse mi cabeza en el hombro de Boaz. Nos tomamos de las manos y nos sentamos en silencio por un rato.

"Boaz, lamento que Yosef haya sido tan desagradable contigo".

"Me gustaría poder encontrar la manera correcta de conectarme con él. Sentí que no quería tener nada que ver conmigo ", dijo Boaz.

"Sí, lo sé, pero aún es un niño. Probablemente piensa que su vida iba a ser destruida por tu culpa.

"Vita, seguramente quiere que desaparezca, para que todo vuelva a la normalidad". Ambos sonreímos.

"No quiero que desaparezcas". Me volví hacia Boaz y lo besé en la mejilla. "Los niños son a menudo muy egoístas"

Quieren que los padres se ajusten a sus necesidades. No podemos ser regulados por nuestros hijos".

"Vita, entiendo que Yosef se sintió celoso. Es bastante

normal para los niños en esta situación".

"¿Debo permanecer soltera por el bien de Yosef? Incluso ahora nunca está en casa. Él está saliendo con sus amigos todo el tiempo. Eventualmente, él se irá a su propia vida como Julia. Ella está lejos y la veo solo una vez al año. Esta es la realidad."

"Sí, lo sé. Vita, ¿cuándo dijiste que Yosef debería registrarse para las FDI (Fuerzas de Defensa de Israel)?"

"En junio. Sabes, después de que se registre, no podré sacarlo del país".

"Sí, lo entiendo". Boaz me miró directamente a los ojos y dijo: "Te extrañaré, Vita. Pasé un tiempo muy bueno".

"Yo también te extrañaré", le dije con lágrimas en los ojos.

No quería ofender a Boaz, pero no estaba segura de si debía quedarme con el anillo o devolvérselo. Parecía que nuestra historia terminaba aquí en este aeropuerto.

Me preguntaba qué pensaría Boaz, si tenía algún plan. "¿Qué crees que deberíamos hacer?", Le pregunté.

"No lo sé, cariño. Parece que tenemos que esperar y ver qué pasa en junio. Solo quiero que sepas que no me voy a rendir de lo nuestro, no voy a desaparecer".Él sonrió. "Seguiré orando y buscando a Dios para que podamos estar juntos pronto".

"Por favor, saluda de mi parte a Joseph, Gabriel y Hadassah".

"Sí, lo haré".

"La seguridad israelí a veces toma más tiempo que otras, por lo que probablemente deberías entrar pronto", le dije.

"Sí tienes razón."

Nos levantamos y nos dirigimos hacia la entrada de seguridad.

"Boaz, ha sido un mes increíble para mí. Será difícil volver a mi rutina".

"Vita, te llamaré mañana cuando llegue a casa". Me acercó más a sí mismo y me dio un largo beso de despedida. "Te amo, Vita".

"Yo también te amo, Boaz".

Entró, me saludó una vez más y desapareció entre la multitud.

Regresé a mi automóvil pensando en lo bueno que había sido tener un conductor personal durante todo un mes. Me sentí sola. El clima estaba frío. Solo tardé veinticinco minutos en llegar a casa, ya que no había tráfico por la noche. Yosef ya estaba en la cama.

Oré y leí por un rato y finalmente me dormí.

51
REGRESO A LA RUTINA

En la mañana miré las fotos que habíamos tomado. Me recordaron nuestro momento maravilloso y lleno de acontecimientos durante la visita de Boaz a Israel. Habíamos visto tantos lugares interesantes, nos reunimos con personas en mi congregación, pasamos un tiempo agradable con Julia y mi madre y tuvimos Kabbalat Shabbat (Recepción de Shabat) con mis amigos.

La asesoría matrimonial con Fruma y Bob nos ayudó a comprender mejor nuestra relación y nos acercó más el uno al otro.

Después de que Boaz se fue, me alegré de estar ocupada y de no pensar en nuestra situación desesperada. Tenía mucho trabajo que hacer y no sabía por dónde empezar. Muchos proyectos de video debían ser completados. Tuve que tomarme un tiempo para prepararme para el servicio del viernes en nuestra congregación, elegir las canciones, conectar con mi equipo y practicar. También tenía muchas diligencias diferentes para hacer.

La vida volvió lentamente a su rutina. No tuve tiempo de aburrirme. En las noches en que estaba en casa, Boaz y yo conversábamos a menudo por Skype.

A veces, realmente extrañaba a Boaz y deseaba que estuviera cerca, pero me prohibí sentirme demasiado emocional. Me puse en modo neutral y solo oré: "Adonai, si cierras esta puerta, alabaré tu Nombre y si abres esta puerta, también alabaré tu nombre. Que se haga tu voluntad, nada más, nada menos y nada más".

Sabía que incluso si de alguna manera pudiera ir a Estados Unidos y casarme con Boaz y formar una nueva familia, aún sería muy difícil para mí dejar a mi amado Israel y estar lejos de mi familia.

Algunas veces deseaba no estar tan apegada a Boaz, ya que ahora sería más doloroso, después de todo lo que hemos pasado juntos, decir adiós para siempre. Necesitaba un buen compañero, un hombre piadoso como Boaz, cariñoso y amoroso, que tomara todas las decisiones y fuera capaz de ser un verdadero cohen (líder) de la familia. Estábamos comprometidos, pero no nos hablamos sobre nuestro futuro. No sabíamos si había algún futuro para nosotros.

¿Por qué siempre estás en una situación loca, Vita?

Me pregunté a mí misma.

Una noche, unas dos semanas después de que Boaz se fue, Yosef me preguntó: "Mamá, ¿qué has decidido hacer? Veo que todavía estás en contacto con tu Boaz".

"No he decidido nada".

"¿Vas a casarte con él?"

"¿Cuál es la razón para casarse si él está en Estados Unidos y yo estoy aquí en Israel?"

"¿Por qué no quieres decirme lo que planeas hacer?" Exigió Yosef.

"Yosef, cariño, te estoy diciendo la verdad, todavía no he tomado ninguna decisión".

"¿Por qué sigues usando el anillo de compromiso?", Preguntó.

"Todavía estoy comprometida con Boaz".

"¿Va a venir aquí a vivir con nosotros?" Yosef insistió.

52
MÁS SEÑALES DE ARRIBA

Muchos años atrás, en 1998, cuando los cuatro de nosotros, mi exesposo Eran, Julia, Yosef y yo vivimos juntos en nuestro pequeño apartamento, recordé orar a Dios pidiendo un lugar más grande. "Solo una habitación más o al menos unos pocos pies cuadrados más", le rogué a Adonai. Recordé que la voz interior me había dicho entonces, "Vita, un día vivirás en una casa, no en un apartamento".

Yo abrigaba esta promesa y estaba segura de que, en mi vida futura, la eterna, viviría definitivamente en una casa real y no en un edificio de apartamentos. Ahora, en 2010, escuché esta pequeña voz de nuevo diciéndome: "Recuerda, Yo lo prometí Vita, vivirás en una casa".

Al principio no entendí cómo estaba relacionado con mis oraciones sobre mi matrimonio, pero al cabo de unos momentos me di cuenta de que la promesa de la casa era para esta vida. Boaz vivía en una casa real con algunas tierras alrededor. ¡Oh, Dios mío, ¡esta era la señal! ¿Cómo es que no lo conecté antes? Si voy a América y me caso con Boaz, viviré en su casa.

Boaz estaba tan feliz de escuchar la noticia de que Yosef estaba dispuesto a mudarse a Estados Unidos durante dos años.

Era mediados de febrero, día de San Valentín. Realmente no celebramos este día festivo en Israel. En Estados Unidos, así como en muchos otros países del mundo, se considera el día del amor. Muchas personas intercambian tarjetas, dulces, regalos o flores con sus seres queridos.

Boaz me compró un regalo increíble, un boleto de avión para visitarlo durante unas semanas en marzo. Este fue el mejor regalo de todos, ya que realmente lo extrañaba. Quería volver a América y mirar todo con diferentes ojos, observándolo como un lugar donde podría estar viviendo en el futuro. Estaba tan asustada de cometer un error y seguir mis sentimientos en lugar de la voluntad de Dios. Quería ver a Boaz nuevamente en persona y tomar mi decisión final sobre nuestro matrimonio.

Bella me llamó para decirme lo emocionados que estaban ella y Mark por el hecho de que nos íbamos a casar.

Le dije a ella: "Todavía estoy luchando con esta idea, porque no nos hemos cortejado lo suficiente. Sucedió tan rápido, ¿sabes?

"Boaz es un hombre maravilloso y piadoso. Encajan muy bien juntos".

"Bella, estoy segura de que entiendes que no es fácil para mí romper mi vida en pedazos y hacer tal mudada de Israel a los Estados Unidos".

"Sí, por supuesto que entiendo", dijo Bella.

"Por un lado, quiero tener una familia, pero también quiero estar en Israel. Así que todavía estoy orando. Ojalá tuviera completa paz en mi corazón al respecto".

"Por cierto, Bella trató de inspirarme para seguir adelante, en caso de que decidas casarte en marzo durante tu próxima visita, encontramos un rabino mesiánico que está dispuesto a hacer una ceremonia de boda mesiánica para ti y Boaz con un chuppah (dosel bajo el cual se realizan las ceremonias de matrimonio judío), y con todas las bendiciones especiales y todo lo que se necesite".Oxana Eliahu

"GuauGuau, ¿dónde encontraste a este rabino?"

"Lo encontré en Internet e incluso hablé con él.

Su nombre es Shmuel.

"Rabino Shmuel? ¿Es el que tiene una congregación mesiánica en Overland Park, Kansas?

"Sí, ese es él. ¿Lo conoces?"

"Sí, Boaz y yo lo conocimos el año pasado en la Conferencia del Mandato de Israel. Él fue quien me llamó una celebridad. A él realmente le gusta mi música. Él es una persona muy encantadora. Me gustó mucho".

"Esto lo hace aún más fácil entonces", dijo Bella con alegría.

"El año pasado, Boaz y yo visitamos su sinagoga. Esta es una coincidencia interesante".

"Vita, me encantaría ayudarte con todos los preparativos de la boda".

"Bella, querida, sabes que no tengo ninguna amiga allí, excepto tú. Seguramente, me encantaría recibir cualquier ayuda, si Dios quiere, lleguemos al punto del matrimonio".

"Vita, si quieres, puedes quedarte con nosotros cuando vengas a visitarnos en marzo", se ofreció Bella con generosidad.

"Podría considerar eso. Gracias, Bella. Ustedes son una gran bendición".

Le supliqué a Dios que me diera otra señal. Como Gideon, quería estar 100 por ciento segura de que estaba en el camino correcto. Le seguí preguntando a Adonai "¿Podría ser que finalmente de haberme establecido en Israel después de todos esos años de vida gitana, quieres que vaya a otro lugar de nuevo?"

Un día, justo antes de mi viaje a los EE. UU., Revisé mi ropa en el compartimento superior, donde guardaba cajas de mis pertenencias que no usaba todo el tiempo. Por lo general, una vez al año, las revisaba para ver si necesitaba algo de ellas para la temporada. Cuando abrí una de las cajas, algo blanco me llamó la atención. Era un velo de novia hecho de chiffon fino. La primera pregunta que me vino a la mente fue: ¿cómo llegó a la caja y de dónde vino?

No tenía ninguna duda de que este velo de novia era la señal para mí. Sonreí en mi corazón y le agradecí a Dios por su manera asombrosa de mostrarme su voluntad. Me senté por unos minutos absolutamente hipnotizada, mirando el velo y tratando de pensar. A veces oramos por algo, pero cuando recibimos una respuesta o una señal, estamos tan sorprendidos.

Después de unos minutos recordé que usé este velo en 2001, nueve años antes, cuando interpreté a la reina Ester en la obra de Purim en nuestra congregación mesiánica en Tel Aviv. Había estado vestida todo de blanco como una novia preparada para la boda con el rey.

En la congregación teníamos un vestuario especial para nuestro equipo de teatro, donde siempre se guardaban todos los disfraces. Todos estos años no sabía que tenía este velo en mi casa. ¿Cómo era posible que durante tanto tiempo nunca lo hubiera visto en mi almaceno superior? Es un misterio y todavía no sé la respuesta a esta pregunta.

53
REGRESO A KANSAS CITY

Aquí me iba a otro viaje a los Estados Unidos con más shalom en mi corazón y con cierta anticipación. Me sentí como si estuviera en otra aventura emocionante. De alguna manera, este aeropuerto una vez más me estaba llevando a un nuevo destino.

Decidí quedarme en la casa de Bella y Mark. A mi llegada a Kansas City, Boaz me llevó directamente del aeropuerto a su casa. Quería tener citas reales, salir con mi prometido y experimentar este momento de cortejo antes de la boda.

Boaz enseñaba en la escuela todos los días y después del trabajo me recogía y me llevaba a cenar, donde pasamos maravillosos momentos de calidad, hablando de nosotros, nuestro futuro, nuestras visiones, esperanzas y sueños. Todo este tiempo, mi pequeño cuarto en la casa de Bella y Mark estaba lleno de hermosas rosas rojas, que Boaz me traía casi todos los días. Los fines de semana pasamos más tiempo juntos. Visitamos a Bella y Mark, miramos películas juntos y nos reunimos con algunos de los amigos de Boaz de su iglesia. Fue un momento agradable de ser cortejada.

Durante todo este tiempo, Boaz no me llevó a su casa, porque sabía que el desorden allí podría molestarme. Le dije que estaba preocupada por eso, porque sentía que me llevaría años limpiar y organizar su casa.

Un día le dije: "Boaz, eres mesiánico, pero por la palabra "mesi" desordenado". Nos reímos al respecto.

Fui yo quien tuvo que tomar esta difícil decisión de casarme en marzo. Para Boaz estaba claro que esto era lo correcto y el momento correcto.

Descubrió que no podíamos casarnos en el estado de Missouri porque yo era ciudadana israelí y no tenía un número de seguro social.

Boaz no se rindió y verificó con los estados vecinos. Solo Arkansas era viable, que estaba a unas doscientas millas de distancia. Todo lo que teníamos que hacer era ir allí para casarnos.

"Tengo algunas buenas noticias", dijo Boaz cuando fue a la casa de Bella y Mark a recogerme para cenar. "Hoy volví a llamar al secretario del condado en el juzgado para obtener una licencia de matrimonio".

"¿El de Arkansas?" Pregunté.

"No, el de Missouri. Hablé con una persona diferente, una señora que es la empleada principal. Ella dijo que podríamos venir a recoger nuestra licencia de matrimonio y casarnos en Missouri".

"¿De verdad? No entiendo", dijo Bella. "Los llamé dos veces y me dijeron que no es posible".

"Parece que todo es posible con Dios". Boaz me miró sonriendo de oreja a oreja. "¡Espero que esta sea otra señal para mi hermosa novia"!

"Boaz, por favor explica cómo lo hiciste?" No podía esperar para escuchar.

"Cuando hablé hoy con el secretario del condado principal, me pareció que nunca se había encontrado con la situación de una persona de otro país. Entonces, al principio, ella dijo: "No es posible", pero de repente cambió de opinión y dijo: "Tal vez, simplemente puedo dejar en blanco el espacio para el número de seguro social. Sí, puedo hacer eso ", dijo. "Así que ven, te daré la licencia de matrimonio".

Esta fue la última gota, la pieza final del rompecabezas. Después de esto no tuve más dudas. Bajamos para obtener la licencia de matrimonio.

54
CONTANDO LAS BENDICIONES

Según las tradiciones judías, el día ideal para casarse es Yom Shelishi (martes), porque, en la historia de la Creación (Génesis 1), la frase ki tov (porque es bueno) se usa dos veces ese día. Así que elegimos el martes 23 de marzo de 2010, que no nos dio mucho tiempo.

Tuvimos una semana maratón de preparativos para la boda, el día de la boda y luego la luna de miel de una semana antes de que tuviera que regresar a Israel. Nada estaba preparado para mi mudada repentina. ¡Esto era enorme! Tuve que terminar veinte años de mi vida en Israel en dos meses.

Vita no pienses en tu mudanza ahora, me entrenaba, necesitas concentrarte en tu boda y disfrutar de tus preciosos momentos. Toma cada día paso a paso.

Primero, llamamos por teléfono al rabino Shmuel. Lo pusimos en el altavoz para que pudiéramos escucharlo y preguntarle si estaba disponible para hacer la ceremonia de boda mesiánica para nosotros el 23 de marzo de 2010.

"Sí, por supuesto, estaría encantado de hacer esto. ¿Ya tienen un lugar?"

"No, todavía estamos buscando uno. Tal vez, ¿nos podría recomendar algo?

"¿Sabes que hay una pequeña congregación mesiánica en tu área? Es posible que deseen ir a verlos", dijo el rabino Shmuel.

"¿Cuál es la dirección de la congregación?", preguntó Boaz.

Es posible que esté un poco lejos. Está en Peculiar, Missouri."

Boaz y yo nos miramos y no podíamos creer que era posible encontrar una congregación mesiánica en un lugar tan pequeño

como Peculiar, Missouri.
"Bueno, yo vivo en Peculiar, Missouri", dijo Boaz.
"Oh, entonces debe ser solo una milla o dos de ti. Eso es maravilloso. Les buscaré la dirección exacta y le enviaré un mensaje de texto en breve ", dijo el rabino.
"¿Tienes alguna idea de cuánto cobran habitualmente por alquilar su espacio?", Pregunté.
"No estoy seguro, probablemente unos pocos cientos de dólares".
Al día siguiente, encontramos este lugar. Estaba a solo dos millas de la casa de Boaz, en el medio de la nada. Hablamos con los líderes sobre el alquiler de este lugar por unas horas para la ceremonia de boda.
"¿Qué día y hora lo necesita?", Preguntó Joshua, uno de los principales líderes.
"La próxima semana el martes, desde las 4:00 p.m. hasta las 6:00 p.m. "
" Déjame ver. "Joshua sacó su teléfono para consultar su calendario. "Parece que el espacio está disponible. No tenemos nada programado para el 23 de marzo".
Él sonrió y dijo:
"Entonces, no hay problema, pueden usar el lugar". "Guau, esto es maravilloso. ¿Cuánto nos cobrará? "
" No tendrá que pagar nada. Si tú quieres tu puedes
dar una donación a la sinagoga".
"Estaríamos encantados de hacerlo. Muchas gracias ", dijimos Boaz y yo al unísono.
"Como puedes ver", Joshua señaló el escenario, "tenemos una chuppah que puedes usar. Quizás deseen decorarla un poco. Si necesitan nuestro sistema de sonido, puedo correrlo para usted el día veintitrés".
"Guau, Joshua, eso sería increíble. No sabemos cómo agradecerle".
"Sólo dale gracias a Adonai".
Salimos de la sinagoga llenos de alegría, riéndonos y agradeciendo a Dios por esta tremenda bendición, pero esto fue solo el comienzo.
Bella me llevó a la tienda donde intercambié uno de mis aretes de oro por un hermoso anillo de oro para Boaz. No sé cómo habría manejado todo sin que Bella me ayudara. Ella sabía

dónde comprar todos los accesorios de boda, flores y decoraciones. En la tienda donde venden vestidos de novia, elegí un vestido rosa claro, que estaba a la venta por un precio razonable. Me sentí como una verdadera princesa cuando me lo puse. Bella y algunas damas en la tienda me felicitaron, diciendo que me quedaba perfectamente.

Le dije a Bella: "Me encanta. Me llevo este".

"Buena elección." Bella sonrió.

Volví al probador para quitarme el vestido. Cuando salí y fui al cajero con el vestido colgado del brazo izquierdo, listo para pagar, el cajero me dijo: "Ya lo pagó su amiga. Disfrútelo. Enhorabuena por su boda."

Miré a Bella. Su rostro radiante tenía una sonrisa grande. Se acercó a mí y me abrazó mientras la vendedora ponía el vestido en una bolsa grande y colorida. "Este es mi regalo para ti, Vita".

"Oh, Bella, muchas gracias", dije entre lágrimas.

Dos días antes de la boda, hubo una gran tormenta de nieve. Trece pulgadas de nieve cayeron al suelo.

"Oh no", le dije a Boaz, "Esperaba tener un buen día soleado, para poder tener buenas fotos afuera con mi hermoso vestido nuevo. Me preocupaba que algunos invitados no quisieran conducir en la nieve".

"Solo podemos orar para que de alguna manera Dios nos envíe un día soleado de boda". Boaz intentó animarme.

Un día antes de nuestra boda, el 22 de marzo, todavía hacía frío y viento, pero a la mañana siguiente, de repente, el clima cambió drásticamente. El sol brillaba con tanta fuerza que en unas pocas horas toda la nieve se había ido. Hacía un clima perfecto para esta ocasión especial, muy cálido y no demasiado viento, por lo que podría estar en mi vestido afuera y no necesitar un abrigo encima.

La sobrina de Boaz nos dio una llave de su increíble casa antigua en Iowa, que estaba a unas cuatro horas de viaje. "Estaré lejos por cinco días", dijo. "Así que, si quieres, puedes usar mi casa para tu luna de miel".

Además, Bella y Mark nos dieron un cupón por dos noches en el histórico Elms Hotel, que se estableció en 1888 y se reconstruyó en 1912 de piedra caliza nativa. Era el lugar perfecto para una escapada romántica de fin de semana.

No queríamos hacer una gran boda, así que decidimos

hacerlo muy modesta e invitamos solo a familiares cercanos y algunos amigos de la iglesia. Nadie de mi familia pudo venir debido a la muy corta notificación. Esperábamos treinta y cinco personas a lo sumo.

Boaz y yo buscamos un lugar para la recepción. No podíamos darnos el lujo de ir a un restaurante caro, así que elegimos Ryan's, un restaurante buffet, que era un lugar muy simple, no lujoso, pero tenían buena comida y un cuarto separado para nosotros usar.

El espacio estaba disponible para la noche del martes, así que lo reservamos para la recepción.

No había tiempo para invitaciones especiales. Enviamos correos electrónicos a algunas personas y llamamos a la mayoría de los demás, dándoles la dirección de la sinagoga mesiánica para la ceremonia a las 4:00 p.m. y el restaurante de Ryan para la recepción a las 6:30 p.m.

Cuando el hijo mayor de Boaz, Gabriel, descubrió que reservamos la recepción en Ryan, le dijo a Boaz: "¡Papá, de ninguna manera! No vas a hacer tu recepción de boda en Ryan. Simplemente no va a suceder".

"¿Por qué no? ¿Cuál es el problema? "Boaz estaba desconcertado. "Ese restaurante no es bueno para una boda".

"Sé que no es un lugar elegante de ninguna manera, pero tienen precios razonables y la comida es buena. Lo siento, Gabriel, pero ya lo hemos reservado y les hemos dicho a todos los invitados que estén allí a las 6:30 p.m."

"¿Pagaste algún depósito?" Preguntó Gabriel. "No, no lo hicimos. No requieren un depósito".

"Eso es genial. ¿Papá, dime cuánto planeas gastar en la recepción y cuántas personas crees que podrían venir? " "Habrá alrededor de veinte y cinco personas. Teníamos planeado gastar trescientos dólares".

"Te conseguiré otro lugar", dijo Gabriel, "y lo haré todo por ti. Solo dame unos minutos. Te devolveré la llamada pronto".

Gabriel llamó en aproximadamente media hora. "Vamos a la Harper House en Independence, Missouri. Ya he dado el depósito, así que es final".

"Guau, Gabriel, conozco ese lugar, es el mejor restaurante de la zona". Boaz estaba asombrado.

"Por cierto, papá, ya he ordenado el mejor filete para ti.

Tienes que decirme qué ordenar para Vita".

"A ella le gusta el pescado".

Le dimos a Gabriel trescientos dólares y él pagó el resto. Ni siquiera sabíamos cuánto le costaba. Ya era demasiado tarde para enviar un correo electrónico y llamar a todas las personas, por lo que al final de la ceremonia de la boda anunciamos que la recepción se llevaría a cabo en un restaurante diferente.

Cuando salimos de la sinagoga, nuestro coche estaba decorado con cintas y un gran cartel que decía: "Acabados de casar".

Los hijos y la sobrina de Boaz adornaron la habitación del restaurante con mucho amor, usando muchos globos, flores, luces y candelabros diferentes. Pequeñas barritas de chocolate brillaban por todas partes en las mesas. La tenue habitación iluminada por el brillo de muchas velas hizo que el ambiente fuera cálido y muy romántico.

¡Eso fue increíble! Se sentía como si todo estuviera preparado para nosotros, bendecido desde todas las direcciones, provisto y planeado desde arriba. No podría haber pedido más. Este seguramente fue el mejor momento de mi vida y alabé a mi amado Adonai por todas las tremendas bendiciones que El había derramado sobre nosotros a través de mi nueva y maravillosa familia y amigos.

Durante todo el día de la boda tuve una sensación extraña, casi como una visión. Estaba viendo una maravillosa película romántica, un cuento de hadas, pero de mí. De alguna manera estaba en la película y lo veía todo desde afuera. Yo era esa hermosa princesa en la pantalla grande. No entendía cómo podía estar en dos lugares al mismo tiempo. Volví a mirar la pantalla. Sí, era yo, una novia brillante y sonriente vestida con un hermoso traje de novia, embarcada en mi nueva vida.

era casi como despertarse de un sueño y tratar de entender lo que era verdad y lo que no era.

Miré a Boaz a la mañana siguiente y le dije:

"Boaz, ¿estamos casados ahora? ¿Eres mi marido? ¿Es eso cierto?"

"Sí, bebé, ahora eres mi esposa".

"¿Estoy ahora atrapada contigo para siempre? Oh no bromeé".

"Sí eso es. ¿No recuerdas dónde nos conocimos?

"¿Dónde?"
"En TogetherForever.com!"

PARTE 4

MÚSICA ES UN DON GLORIOSO DE DIOS

55
MÚSICA EN MI VIDA

La música siempre fue una gran parte de mi vida.

Para el 2007, yo sola había producido dos álbumes de música en hebreo The Power of Words y Recipe for Love.

Cuando me enamoré de Yeshua, comencé a escribir canciones de alabanza y adoración a Adonai, mi Señor.

Escribí letras y se las di a algunos buenos compositores. No tenía el don de escribir música, pero unos años después de mi bautismo, comencé a escucharla. Las letras y la música empezaron a salir juntas. Solo necesitaba grabarlo y anotarlo, para no olvidarlo.

Dirigí drama en mi congregación Tiferet Yeshua (Gloria de Yeshua) en Tel Aviv y decidí armar un musical con mis nuevas canciones. Mientras tanto, recé por guía y me pregunté si Dios quería que produjera un álbum. Estaba en mi coche cuando sonó mi teléfono. En Israel, no se permite hablar por teléfono mientras se conduce, así que lo tuve en el altavoz. Fue Yakov Kanani, uno de los famosos líderes mesiánicos en Israel, quien desempeñó el papel principal en mi musical. Él estaba en la otra línea junto con nuestro equipo de drama. Ensayaron para la obra y tuvieron que aprender y practicar las canciones. Cuando contesté el teléfono los oí cantando una de mis canciones.

Querían mostrarme lo bien que habían practicado y cómo ya sabían la melodía. De repente, Yakov gritó: "Vita, tus canciones son increíbles. Debes producir un álbum".

Yakov no sabía que había estado orando y pidiéndole a Dios que me dijera qué hacer con mis canciones. Las lágrimas llenaron mis ojos. Para mí fue la confirmación. Sonreí y agradecí a Adonai por mi maravilloso equipo de drama y por la respuesta a mi oración. No tenía idea de cómo producir un CD. Descubrí que costaría una fortuna, especialmente el tiempo de estudio. Trabajé con Sasha Atlas, una pianista muy talentosa, que me ayudó con la mayoría de los arreglos y escribió música para algunas de mis canciones. Buscamos cantantes y los hicimos practicar por adelantado para que vinieran al estudio preparados.

No tenía dinero suficiente para el estudio y necesitaba más fondos para imprimir los CD y los diseños gráficos.

Los viernes por la noche, me gustab ir a Jaffa, una hermosa ciudad antigua cerca de Tel Aviv, que también se encuentra en el Mar Mediterráneo. Yakov tenía una casa de ministerio allí. Era un lugar enorme donde se reunían los creyentes. A veces, grupos extranjeros venían y se quedaban allí, haciendo visitas y recorriendo las calles.

Una cocina bien organizada y con una gran mesa en el comedor, donde a menudo teníamos Kabbalat Shabbat (Recepción del Shabat), estaba llena de gente. Después de la cena, adoramos y tuvimos un tiempo maravilloso de comunión.

Yakov me preguntó: "Vita, ¿cómo va tu proyecto musical?" "Encontramos un pequeño estudio casero que no cobra tanto y, con suerte, comenzaremos las grabaciones pronto", dije con orgullo.

"Nuestro ministerio aquí en Jaffa quisiera apoyarte. Queremos pedir mil de tus CDs"

Casi me desmayo y perdí la capacidad de hablar. "¿Mil? Yakov, ni siquiera has escuchado todas las canciones. ¿Qué pasa si el álbum no es lo suficientemente bueno? Y si-"

"Sé que será bueno. Dios bendecirá y ungirá tu obra".

"Yakov, no sé cómo agradecerte". "Gracias a Dios porque no soy yo, ---es Él".

Estaba tan feliz, saltando como un niñoa "¡Hallelu, Yah!"

Mi congregación y el Ministerio de Maoz Israel también me ayudaron con una cuarta parte del dinero que necesitaba para el estudio.

Fue un momento inolvidable trabajando en mi primer álbum, The Power of Words (El Poder de las Palabras)

Cuando se produjo el CD, me dije a mí misma: "Ahora puedo morir". Sentí que Abba había logrado algo importante a través de mí y fue una sensación increíble de finalización y logro.

EL DESTINO

Un ministerio en Israel ordenó doscientos CD, otro ordenó trescientos. Hubo una respuesta tan increíble. Recibí muchos correos electrónicos incluso de personas fuera de Israel que me preguntaban si había producido otro álbum. Oré por provisión para mi segundo álbum, Recipe for Love.

Una organización mesiánica en Israel me llamó un día. "Nos gustaría producir tu segundo álbum", dijeron. "Si estás interesada, por favor, tráenos veinte canciones y elegiremos las doce mejores para el álbum".

Esto fue un sueño hecho realidad.

Comenzaron a trabajar en el proyecto en su increíble estudio con equipos profesionales caros. Después de unos meses, me mostraron algunos borradores de las canciones que habían completado.

No podía creer que hubieran cambiado las melodías y algunas de mis letras. Traté de discutir, "Avi, ni siquiera puedo reconocer mis canciones. Se supone que no debes cambiar las letras y las melodías".

Yo era exigente y difícil de complacer. Siendo la exitosa productora de mi primer CD, me enorgullecía, tratando de gobernar y controlarlo todo. "Vita, queremos producir tu álbum a un nivel internacional muy alto".

El gerente del proyecto, Avi, un joven alto y guapo, trató de consolarme. "Te encantará cuando esté listo".

No estaba segura de qué hacer. Ellos tenían el dinero y yo no tenía ninguno.

Mientras manejaba hacia el estudio, justo antes de firmar el contrato, escuché una voz. Esta no era mi voz. Era la voz de un hombre. Tal vez, eran mis propios pensamientos, pero nunca me hablaría de esta manera. "Me dices, 'Dios, te doy todo', pero no me dejas entrar. Lo controlas todo por ti misma. No es tu proyecto ni tus canciones". son mias No es nada de ti. Debes poner tu confianza en Mí y bendeciré este álbum".

La voz era tan clara. Me quedé estupefacta. No podía ver el camino a causa de mis lágrimas.

"Debes confiar en Mí", continuó la voz. "Deja que esas personas hagan lo que quieran, incluso si eso significa cambiar las letras y la música. Cree en mí. Yo soy tu Dios Dámelo todo y bendeciré este proyecto".

Una paz divina que sobrepasa todo entendimiento llenó mi

alma y espíritu.

Vine al estudio, tomé un pedazo de papel en blanco y le dije a Avi: "¿Ves este papel? Lo estoy firmando ahora.

Puedes añadir lo que quieras del acuerdo. Ya no me importa lo que escribas allí".

Sonreí al ver que los ojos de Avi se abrieron con sorpresa cuando me miró como si yo fuera un extraterrestre. Estaba totalmente en confundido "¿Qué pasó? Justo ayer sonabas tan diferente. Incluso pensamos en dejar de trabajar en tu proyecto".

"Lo siento mucho, no tenía la actitud correcta, fui exigente y controladora. Por favor perdoname."

"Seguramente, pero ¿qué pasó? ¿Qué te hizo cambiar de opinión?"

"No cambié de opinión, pero Dios me habló". Compartí con Avi la voz que escuché en mi auto.

Cada vez que venía al estudio y escuchaba los borradores de mis canciones sentía dolor. Tenía shalom en mi corazón y sabía que Dios estaba en control, pero el dolor nunca se fue. Cuando escuchaba cómo cambiaban mis canciones, sentí que me estaba estrellando. Antes de esta experiencia no sabía que era posible sentir dolor y al mismo tiempo tener paz absoluta.

Mis canciones eran muy valiosas para mí, no solo porque nacieron, como bebés, sino también porque cada canción es un recordatorio de un ampo especial e íntimo con mi Señor y Salvador. Por eso, cuando escuché los bocetos y no pude reconocer a mis "bebés", fue doloroso.

A pesar de que grabar mis canciones en el estudio fue uno de los mejores momentos de mi vida, había decidido no asistir a las sesiones de grabación. No quería sentarme en un rincón con lágrimas en la cara, haciendo que las personas que trabajaban en mi álbum se sintieran incómodas.

Recibí un correo electrónico de Rina, una señora del Reino Unido que me preguntó si tenía otro CD de música además de El poder de las palabras.

Le respondí: "Espero que mi segundo álbum, Récipe for Love, se produzca pronto".

Rina respondió y compartió que toda su familia a menudo escuchaba mi primer álbum y eso verdaderamente me encantó.

También agregó: "Vita, creo que Dios puso en mi corazón

que orara por ti".

Le escribí a Rina que apreciaría mucho las oraciones y compartí con ella que desafortunadamente mis canciones no se producirían de la forma en que las escribí.

"Dios es todopoderoso", me animó Rina. "Él es capaz de hacer lo que creemos imposible. Vita, debes esperar milagros y pensar en grande".

Pasó el tiempo, pero el proyecto aún no estaba terminado. El ministerio congeló mi proyecto porque surgió algo más importante.

Mientras oraba y ayunaba, escuché de nuevo la voz profunda de un hombre que me decía: "este es tu Isaac".

Al principio no entendí lo que significaba. Entonces me di cuenta de que es algo que Dios quería que yo sacrificara. Me dio esas canciones a mí, estos "bebés", y ahora me pidió que se las devolviera. No sabía cómo entender todo eso y por qué Dios haría algo así.

De repente un pensamiento vino a mi mente. Isaac, a quien *Abraham puso en el altar para sacrificar, no le fue quitado. Él realmente regresó a Abraham de la misma manera. ¿Significa que también recuperaré a mi Isaac?*

56
EL AMOR DE DIOS

En aproximadamente un mes, Avi me llamó y se disculpó diciendo que no podrían completar el proyecto. Luego agregó: "Pero no te preocupes. No lo dejaremos caer. Nuestro ministerio te dará dinero para producir el álbum y lo harás todo por ti misma".¡Dios mío! Esto fue exactamente por lo que oré. No podía creer lo que escuchaba y me llené de alegría, agradeciendo y alabando a mi Dios fiel.

Pasaron las semanas, un mes y otro mes y todavía no conseguía las finanzas. La paciencia nunca fue mi fuerte. Todavía estoy aprendiendo a ser más paciente. De vez en cuando, llamaba a Avi para hacer un seguimiento, pero él siempre me daba la misma respuesta: "Lleva tiempo, ya que debe ser aprobado por la junta. Ponte en contacto con nosotros en un mes o dos".

Otra señora, cuyo nombre era Tirza, me enviaba correos electrónicos de vez en cuando, preguntándome sobre mis proyectos musicales y cuándo estaría listo el nuevo CD. Tirza vivía con su familia en Texas. Nunca la conocí en persona. Ella acaba de usar mi correo electrónico escrito en la parte posterior de la portada del CD. Así fue como comenzamos nuestra comunicación.

En su primer correo electrónico, me dijo cuánto le gustaban a ella y su familia mi primer álbum y no podía esperar para obtener el segundo. Tirza escribió cada dos o tres meses verificando si el álbum había sido terminado. Compartí con Tirza lo que sucedió con el proyecto y por qué llevaba tanto tiempo.

Una tarde, mientras estaba leyendo las Escrituras sobre

Yeshua alimentando a cinco mil personas, creo que el Espíritu Santo dirigió mi atención al hecho de que Yeshua les pidió a los discípulos que le trajeran los cinco panes y los dos pescados que tenían. Luego los multiplicó. Traté de descubrir lo que Dios quería decirme con eso. De repente, la familiar voz interior me susurró al oído: "Necesitas traer al menos algo de lo que quieres que te multiplique".

Comencé a poner algo de dinero a un lado. Después de unos meses, tuve suficiente para un día de estudio. Planeé producir una canción para mi nuevo álbum, pagándola con mi propio dinero, así que esto sería mis panes y mis peces.

Organizamos, grabamos y mezclamos la primera canción, Baruch Ata Adonai (Bendito eres tú Adonai) durante una sesión de un día, que fue un milagro. Por lo general, lleva más tiempo grabar todos los instrumentos y las voces. Sonaba genial Estaba encantada y emocionada. Envié la canción para su revisión a algunos amigos cercanos, a Rina y a Tirza. Les encantó la canción.

Rina se puso muy emocionada. "Quiero enviarte algo de dinero para tu próxima canción", dijo cuándo conversamos por Skype.

El cheque llegó en dos semanas. Fue en libras británicas. Después del intercambio, fue la cantidad exacta para otro día de estudio. "¡Guau!", Me dije. "Tal vez Dios esté enviando dinero para cada canción por separado a través de diferentes creyentes".

Grabamos la segunda canción, Peer into My Heart, también en un solo día. De nuevo lo envié a todos y obtuve una gran respuesta.

Seguí consultando con Avi sobre el dinero del ministerio. "Vita, llámame en tres o cuatro semanas. La cantidad fue aprobada, por lo que definitivamente obtendrás el dinero ", dijo Avi con un tono optimista," pero puede tomar algún tiempo, quizás un mes o dos. Lamento mucho que tengas que esperar tanto".

Una semana más tarde, Tirza me escribió un correo electrónico preguntando: "Vita, ¿te importa compartir conmigo la cantidad de dinero que necesitas para terminar tu proyecto?

Tenemos un pequeño grupo que se reúne y ora con regularidad. Queremos agregarte a ti y tu proyecto a nuestra lista de oración".

Le envié los números y le contesté: "Muchas gracias, querida Tirza por sus oraciones. Creo en el poder de la oración y aprecio mucho su apoyo".

Una semana después, Tirza escribió:" Hemos estado orando por ti y por tu álbum de música. Queremos que hagas lo siguiente. Diríjase al ministerio que quería darle el dinero para producir su álbum y pídales que nos envíen este proyecto. Mi esposo y yo nos gustaría patrocinarlo en su totalidad".

Me mareé de alegría. Leí el correo electrónico muchas veces y no podía creer lo que veía. Eso fue increíble. Una organización quiso darme diez mil dólares y, al mismo tiempo, algunas personas que nunca había conocido en mi vida, también me ofrecieron esta enorme cantidad de dinero para mi proyecto musical. "¿Puede esto ser real?", Me pregunté.

Todavía no podía comprender". ¿Por qué querrían patrocinar mi proyecto? ¿Qué interés tienen? No podría ser simplemente porque les encantó tanto mi primer álbum. ¿Tal vez esperan tener todos los derechos de mis canciones?

Escribí un correo electrónico a Tirza, le agradecí a ella y a su familia y les pregunté en qué condiciones les gustaría patrocinar mi proyecto.

Tirza escribió: "Tenemos una sola condición. Queremos que sus canciones se graben exactamente como las recibió del Señor".

Estaba de rodillas con lágrimas. "Qué personas tan maravillosas con corazones tan generosos", pensé para mí. En ese mismo momento, la familiar voz interior me interrumpió. "No son esas personas. Soy yo quien te ama así".

Tirza y su esposo me enviaron su tarjeta de crédito para que yo pudiera retirar dinero y usarlo para pagar todos los gastos del estudio.

Después de aproximadamente un mes de trabajar en el proyecto, Tirza me preguntó si tenía una idea de cuánto había gastado del presupuesto de diez mil dólares. Ella y su esposo quedaron impresionados cuando le envié una hoja de cálculo detallada apenas dos minutos después de haber consultado, donde informé de cada shekel que usé. Este era el dinero de Dios y sabía que debía tener mucho cuidado con él.

El que es fiel en muy poca cosa es fiel también en mucho; y el que es injusto en una cosa muy pequeña es injusto también en mucho". (Lucas 16:10 New American Standard Bible (NASB)

Fue de gran alegría trabajar en este álbum Recipe for Love (Receta para el Amor). Podría invitar a maravillosos músicos y cantantes y bendecirlos a todos.

Mi fiel Dios nuevamente me mostró Su amor y me recordó cuán asombrosos y únicos son sus caminos y cómo su amor incondicional siempre está ahí para mí.

Adonai ha hecho extremadamente muchísimo más de todo lo que pedí o pensé de acuerdo con Su plan y Su poder. A Él sea la gloria en todas las generaciones por los siglos de los siglos. Amén.

Dios mío, siempre me has amado. Me lo diste todo.

Te importaba profundamente, todos los días para que nunca fallara. Mis tiempos más duros y más oscuros has estado a mi lado. A pesar de todo, a pesar de todo, me volví a mi manera.

Nunca me abandonaste. Mis batallas las hicisteis tuyas. En cada camino que anduve, Tus ojos estaban sobre mí. Abba, te rechacé, te traicioné.

Tu amor perfecto nunca falló. Tu misericordia sólo creció.

La gente me dijo que existías, pero no me importaba.

Absorbida y llena de orgullo, no te necesitaba.

Tu corazón sangró por mí, pero no lo vi.

No importa lo que hice, tu amor me persiguió.

"Te amo tanto", gritaste desde arriba.

No pude reconocer tu voz. No conocía tu amor.

"Eres tan preciosa para mí", me susurraste al oído.

A pesar de todo, a pesar de todo, me volví a mis maneras.

Después de todo lo que he hecho, deberías haberme odiado. Podrías haberme abandonado y dejarme perder mi alma. Mi arrogancia, mi orgullo, mis pecados ... ¡Tú los perdonaste todos!

Tú diste tu vida por mí. ¡Lo has dado todo!

EPÍLOGO

Sí, hace un tiempo atrás fui bastante pecadora, descontenta e inquieta por dentro. Iba y venía entre Dios y el mundo.

Por su gracia y misericordia, abrió mis ojos para que pudiera ver y darme cuenta de que Él es mi Señor, mi precioso Salvador, la Luz del mundo, ¡el Pan de la Vida y el único Camino!

Dios me sacó de ser atea en la Rusia comunista, odiando a mi propia judeidad y a mi país, Israel, a rendirme completamente a Él y a Su voluntad.

¡Qué jornada tan maravillosa ha sido!

Ahora soy una persona cambiada, una nueva creación, y no es nada acerca de mí, pero es todo acerca de Él, ¡porque Él es un asombroso Dios de Amor!

Te agradezco, Creador del Universo. Adonai, mi corazón está entregado a ti y lleno de agradecimiento y alegría.

Oh, Adonai, he cometido muchos errores y estaba tan perdida. Es difícil de imaginar ahora, cómo podría haber vivido sin Ti.

Gracias, Abba, por tu amor, misericordia y amabilidad. ¡Gracias por los milagros y maravillas que has hecho en mi vida!

Adonai, tú eres quien me amó incondicionalmente y me trajo a este punto de mi vida. Este es mi destino actual, ¡pero no es el final! ¡Aleluya!

EL DESTINO

Oxana Eliahu ministrando en Belton, MO, USA

Oxana Eliahu ministrando en Gospel Cafe en Tel Aviv, Israel

Oxana Eliahu ministrando en Yardley, PA, USA

Oxana Eliahu actuando en The Messiah Conference in Harrisburg, PA, USA

SOBRE LA AUTORA

Oxana Eliahu es una creyente, autora de canciones, compositora y productora judía de origen ruso, que ha producido muchos álbumes de música de alabanza y adoración. Oxana escribió todas sus canciones en hebreo, pero ahora están traducidas al inglés, ruso y español.

Las canciones de Oxana se están volviendo cada vez más populares en todo el mundo y también se emiten en muchas estaciones de radio en los Estados Unidos, Israel, Rusia y en otros países.

Oxana y su esposo, Boaz, viajan por todo los Estados Unidos, Canadá e Israel, compartiendo su poderosa historia y cantando sus hermosas canciones en cuatro idiomas diferentes.

(1) Las melodías y las letras de las canciones de Oxana están verdaderamente inspiradas en el Espíritu Santo y la Palabra de Dios. Muy ungida y llena de profunda emoción y pasión, la música de Oxana es muy conmovedora y poderosa, fácil de interpretar con melodías de oído con letras significativas dee *.

(2) En los últimos cinco años después de mudarse a América, Oxana ha producido cuatro álbumes de música más;
   (3) Not My Will, But Yours in English,
   (4) Beloved Adonai in Russian
   (5) Sound of the Soul, an Instrumental album and
   (6) On My Knees in Hebrew.

Su álbum en español Melodia Del Alma y su nuevo álbum en inglés, Joy In My Heart se lanzarán próximamente.

Oxana dijo: "Nunca imaginé que mi música se escucharía en tantas estaciones de radio por Internet o que estaría ministrando a personas en iglesias y congregaciones en todo Estados Unidos, Canadá e Israel".

Oxana ha sido presentada en estos programas de TV:

• Norwegian Studio Directe, en vivo desde Jerusalem Capitol Studios, Israel, en 2007

• Dios Contesta la Oración, desde Santa Fe, Nuevo México, en 2014

• Women's Joy (Alegría de las Mujeres), desde Quincy, Illinois, en 2014

El breve testimonio de Oxana fue publicado en el periódico Messianic Times en 2014.

Oxana apareció en el Kansas City Star después de participar en un Festival Judío en 2014.

Oxana y Boaz han estado haciendo un programa de radio semanal de una hora, Fieles a la Verdad, en Messianic Lamb Radio (Radio Mesiánica del Cordero) desde mayo de 2013.

Si desea conocer más sobre el Ministerio de Oxana's o saber sobre su música, favor de visitar su website: www.oxanasite.com

E-mail: oxana@oxanasite.com

Oxana's YouTube's channel: oxanaeliahu channel.

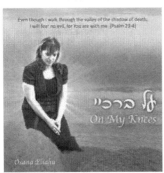